Molière

Les Précieuses ridicules (1659)

Texte intégral

LE DOSSIER

Une comédie satirique sur la préciosité

L'ENQUÊTE

La mode au temps de Molière

Notes, dossier et enquête
Laure Pequignot-Grandjean
certifiée de lettres modernes

Collection dirigée par
Bertrand Louët

Hatier

Sommaire

OUVERTURE

Femme de qualité à sa toilette,
gravure de Jean van der Bruggen,
XVIIe siècle, BNF, Paris.

ISBN : 978-2-218-95428-3

* Tous les mots suivis d'un * sont expliqués dans le lexique p. 88.

Qui sont les personnages ?

Les rôles principaux

MAGDELON ET CATHOS

Fille et nièce du bourgeois Gorgibus, ce sont deux jeunes provinciales qui s'installent à Paris, ville dont elles veulent imiter la mode précieuse, ce qui les rend ridicules.

LA GRANGE ET DU CROISY

Gentilshommes parisiens, « gendres idéaux » selon Gorgibus, mais prétendants jugés grossiers par les précieuses, qui les méprisent.

MASCARILLE

Valet de La Grange, c'est un « extravagant » qui aime jouer au gentilhomme, en adopter le langage et les manières. Il sera l'instrument de la vengeance de La Grange et Du Croisy.

Les seconds rôles

GORGIBUS

Chef de famille, maître de maison, père de Magdelon et oncle de Cathos. Modèle de « bon bourgeois », il gère les affaires de la maison avec raison et bon sens. Ainsi, il cherche à bien marier sa fille et sa nièce pour assurer leur avenir.
Il est désemparé par leur refus.

JODELET

Valet de Du Croisy, complice de Mascarille.

MAROTTE

Servante de Magdelon et Cathos. Simple et franche, elle refuse la préciosité et observe ses maîtresses avec distance et ironie.

Quelle est l'histoire ?

Les circonstances

La pièce se déroule au XVIIe siècle, vers 1659. C'est le début du règne de Louis XIV ; la mode de la préciosité décline. L'action se situe à Paris, dans la maison de Gorgibus.

L'action

La Grange et Du Croisy, gentilshommes parisiens, sortent de chez Magdelon et Cathos dépités et vexés : leur proposition de mariage a été repoussée avec mépris. Ils décident de se venger d'elles.

Le père et oncle des jeunes filles entre et les tance vertement, leur reprochant leurs manies précieuses.

L'Odorat, *gravure de Nicolas Arnoult, XVIIe siècle, BNF, Paris.*

Le but

À travers une farce* à l'intrigue* simple, Molière dénonce les dérives de la préciosité au début du règne de Louis XIV : la préciosité « distinguée » de l'époque de Madame de Rambouillet est devenue une débauche de jeux ridicules, de langage étrange et de comportement maniéré. Elle est avant tout un moyen de se démarquer socialement, en se distinguant du peuple, de la bourgeoisie, du vulgaire.

Un gentilhomme, bien poudré et chargé de rubans, Mascarille, se présente. Les deux jeunes filles sont derechef séduites par sa prestance.

Un ami du gentilhomme arrive, Jodelet. Tout semble s'arranger à merveille. Pourtant...

Qui est l'auteur ?

Jean-Baptiste Poquelin, dit Molière (1622-1673)

● DES DÉBUTS DIFFICILES

Jean-Baptiste Poquelin est le fils d'un marchand tapissier du quartier des Halles à Paris. Ni ses études de droit, ni la charge de son père qu'il était voué à reprendre, ne le destinaient à devenir comédien*. Il fonde pourtant à 21 ans, avec la famille Béjart, la compagnie « L'Illustre Théâtre ». La troupe part jouer en Province. Elle sera mise en faillite et Molière sera emprisonné pour dettes.

● UN HOMME DE THÉÂTRE COMPLET

De retour en Province, Jean-Baptiste Poquelin prend le nom de Molière. À 23 ans, il est à la fois chef de sa troupe, metteur en scène, auteur et comédien. Il renonce à la tragédie*, excellant dans le registre comique. Il compose des farces sur le modèle italien de la *Commedia dell'arte**. Sa troupe joue de ville en ville des farces et des comédies.

● LE SUCCÈS DES *PRÉCIEUSES RIDICULES*, LA PROTECTION DU ROI

Molière retourne à Paris en 1658. Monsieur, frère du roi, est le protecteur de la troupe. Le 18 novembre 1659, *Les Précieuses ridicules* obtiennent un immense succès. Molière joue Mascarille sur scène. Sa troupe deviendra « Troupe du roi » en 1664.

VIE DE MOLIÈRE	**1622** Naissance de Jean-Baptiste Poquelin.	**1643** Fondation de « L'Illustre Théâtre ».	**1645-1648** Prison pour dettes et tournée en Province.	**1658** Retour à Paris. Protection de Monsieur, frère du roi.
HISTOIRE ET LETTRES	**1617** Début du règne de Louis XIII.	**1637** Corneille, *Le Cid*.	**1639** Naissance de Racine.	**1643** Mort de Louis XIII. Mazarin dirige le royaume.

Que se passe-t-il à l'époque ?

Sur le plan politique

● MAZARIN MAÎTRE DU ROYAUME

À la mort de Louis XIII (1643), Anne d'Autriche confie le pouvoir à Mazarin qui dirige le royaume jusqu'à sa mort (1661). Louis XIV décide alors de gouverner seul et devient monarque absolu.

● LA FIN DE LA GUERRE CONTRE L'ESPAGNE

La France poursuit la lutte contre l'Espagne jusqu'en 1658 et signe en 1659 la paix des Pyrénées. Elle obtient l'Artois et le Roussillon. Marie-Thérèse, fille du roi d'Espagne, épouse Louis XIV.

● LA SOCIÉTÉ FRANÇAISE

Elle est très inégale : le clergé et la noblesse jouissent de l'essentiel des privilèges ; le tiers état travaille et paye de lourds impôts ; les bourgeois cherchent une reconnaissance sociale.

Dans le domaine des lettres

● BAROQUE ET CLASSIQUE

Le XVIIe siècle voit s'épanouir les styles baroque et classique. Le baroque est fondé sur l'imagination et l'outrance ; le classicisme est un idéal d'équilibre et d'harmonie. Les deux courants coexistent et influencent tous les arts.

● LE COURANT PRÉCIEUX

La préciosité connaît son apogée dans les années 1650-1660. C'est une manière d'être, de se vêtir, de parler, d'aimer, éloigné de toute vulgarité et grossièreté.

● TRAGÉDIE ET COMÉDIE

Thomas et Pierre Corneille remportent le succès dans le genre tragique. Molière connaît son premier triomphe avec *Les Précieuses ridicules* et devient un auteur de comédie reconnu.

1659 1er grand succès avec *Les Précieuses ridicules.*

1665 La troupe devient « Troupe du roi » et fournit les divertissements royaux.

1670 *Le Bourgois Gentilhomme.*

1673 *Le Malade imaginaire,* mort de Molière

1654-1660 Madeleine de Scudéry, *Clélie, Histoire romaine*, contenant la « Carte de Tendre ».

1656 Blaise Pascal, *Les Provinciales.*

1659 Paix des Pyrénées.

1661 Pouvoir personnel de Louis XIV.

1668 La Fontaine, *Les Fables.*

1680 Création de la Comédie Française.

Les Précieuses ridicules

Comédie

PERSONNAGES

LA GRANGE[1], *amant rebuté.*

DU CROISY[1], *amant rebuté.*

GORGIBUS[2], *bon bourgeois.*

MAGDELON[3], *fille de Gorgibus, précieuse ridicule.*

CATHOS[4], *nièce de Gorgibus, précieuse ridicule.*

MAROTTE[5], *servante des précieuses ridicules.*

ALMANZOR[6], *laquais des précieuses ridicules.*

LE MARQUIS DE MASCARILLE[7], *valet de La Grange.*

LE VICOMTE DE JODELET[8], *valet de Du Croisy.*

DEUX PORTEURS DE CHAISE.

VOISINES.

VIOLONS.

1. Les personnages gardent les noms de théâtre des comédiens qui les interprètent. La Grange et Du Croisy étaient tout nouveaux dans la troupe de Molière.
2. François Bedeau, dit Gorgibus, frère de Jodelet. Molière crée pour ce comédien, plus âgé que lui de vingt ans, ce rôle de bon bourgeois, qu'on retrouve dans *La Jalousie du Barbouillé* et *Le Médecin volant.*
3. Diminutif de Madeleine Béjart, co-fondatrice de l'Illustre Théâtre et maîtresse de Molière, qui joue ce rôle.
4. Diminutif de Catherine de Brie, qui joue ce rôle. Prononcer « Catau ».
5. Diminutif de Marie Ragueneau, plus connue sous le nom de Mademoiselle La Grange, après son mariage avec celui-ci en 1672.
6. Nom emprunté à un roman de Gomberville, *Polexandre* (1632-1637). Ce roman héroïque raconte une histoire d'amour sur fond d'exotisme (Mexique, Afrique).
7. Rôle tenu par Molière. Personnage de valet emprunté à la comédie italienne.
8. Comédien-personnage célèbre de l'époque, que Molière a débauché du Théâtre du Marais avec son frère, le 26 avril 1659. Il termine sa carrière dans la troupe de Molière et meurt en 1660.

SCÈNE 1
La Grange, Du Croisy

DU CROISY. – Seigneur La Grange...

LA GRANGE. – Quoi ?

DU CROISY. – Regardez-moi un peu sans rire.

LA GRANGE. – Eh bien ?

DU CROISY. – Que dites-vous de notre visite ? En êtes-vous fort satisfait ?

LA GRANGE. – À votre avis, avons-nous sujet de l'être tous deux ?

DU CROISY. – Pas tout à fait, à dire vrai.

LA GRANGE. – Pour moi, je vous avoue que j'en suis tout scandalisé. A-t-on jamais vu, dites-moi, deux pecques[1] provinciales faire plus les renchéries[2] que celles-là, et deux hommes traités avec plus de mépris que nous ? À peine ont-elles pu se résoudre à nous faire donner des sièges. Je n'ai jamais vu tant parler à l'oreille qu'elles ont fait entre elles, tant bâiller, tant se frotter les yeux, et demander tant de fois : « Quelle heure est-il ? » Ont-elles répondu que oui et non à tout ce que nous avons pu leur dire ? Et ne m'avouerez-vous pas enfin que, quand nous aurions[3] été les dernières personnes du monde, on ne pouvait nous faire pis qu'elles ont fait ?

DU CROISY. – Il me semble que vous prenez la chose fort à cœur.

1. **Pecques** : sottes.
2. **Renchéries** : difficiles.
3. **Quand nous aurions** : même si nous avions.

LA GRANGE. – Sans doute, je l'y prends, et de telle façon, que je veux me venger de cette impertinence. Je connais ce qui nous a fait mépriser. L'air précieux● n'a pas seulement infecté Paris, il s'est aussi répandu dans les provinces, et nos donzelles ridicules en ont humé[1] leur bonne part. En un mot, c'est un ambigu[2] de précieuse et de coquette que leur personne. Je vois ce qu'il faut être pour en être bien reçu ; et si vous m'en croyez, nous leur jouerons tous deux une pièce[3] qui leur fera voir leur sottise, et pourra leur apprendre à connaître un peu mieux leur monde.

DU CROISY. – Et comment encore ?

LA GRANGE. – J'ai un certain valet, nommé Mascarille, qui passe, au sentiment de beaucoup de gens, pour une manière de bel esprit[4] ; car il n'y a rien à meilleur marché que le bel esprit maintenant. C'est un extravagant[5], qui s'est mis dans la tête de vouloir faire l'homme de condition[6]. Il se pique[7] ordinairement de galanterie et de vers, et dédaigne les autres valets, jusqu'à les appeler brutaux.

DU CROISY. – Eh bien ! qu'en prétendez-vous faire ?

LA GRANGE. – Ce que j'en prétends faire ? Il faut... Mais sortons d'ici auparavant.

1. **Humé** : respiré.
2. **Un ambigu** : un mélange. Le mot désigne un repas composé de plusieurs sortes de plats disposés d'avance sur la table.
3. **Une pièce** : un bon tour.
4. **Une manière de bel esprit** : un homme à l'esprit hors du commun.
5. **Extravagant** : excentrique, bizarre.
6. **L'homme de condition** : le gentilhomme.
7. **Il se pique** : il se vante, il a la prétention de connaître la galanterie.

● **Le courant précieux naît dans la première moitié du XVIIe siècle. C'est un mouvement culturel qui repose sur la volonté de se distinguer par la pureté du langage, l'élégance et le raffinement des manières. Ce mouvement a profondément marqué son temps.**

SCÈNE 2

GORGIBUS, DU CROISY, LA GRANGE

GORGIBUS. – Eh bien ! vous avez vu ma nièce et ma fille : les affaires iront-elles bien ? Quel est le résultat de cette visite ?

LA GRANGE. – C'est une chose que vous pourrez mieux apprendre d'elles que de nous. Tout ce que nous pouvons vous dire, c'est que nous vous rendons grâce de la faveur que vous nous avez faite, et demeurons vos très humbles serviteurs.

GORGIBUS. – Ouais ! il semble qu'ils sortent mal satisfaits d'ici. D'où pourrait venir leur mécontentement ? Il faut savoir un peu ce que c'est. Holà !

SCÈNE 3

MAROTTE, GORGIBUS

MAROTTE. – Que désirez-vous, Monsieur ?

GORGIBUS. – Où sont vos maîtresses ?

MAROTTE. – Dans leur cabinet[1].

GORGIBUS. – Que font-elles ?

MAROTTE. – De la pommade pour les lèvres.

GORGIBUS. – C'est trop pommadé. Dites-leur qu'elles descendent. Ces pendardes-là, avec leur pommade, ont, je pense, envie de me ruiner. Je ne vois partout que blancs d'œufs, lait virginal●,

1. **Cabinet** : petite pièce située à l'écart, dans une grande maison, où l'on se retire pour travailler ou converser discrètement.

● **Ingrédients utilisés dans la conception des produits de beauté à l'époque. Le lait virginal, à base d'alcool, servait à blanchir les mains et le visage. Beaucoup de recettes étaient à base de graisse animale.**

et mille autres brimborions[1] que je ne connais point. Elles ont usé, depuis que nous sommes ici, le lard d'une douzaine de cochons, pour le moins, et quatre valets vivraient tous les jours des pieds de mouton qu'elles emploient.

SCÈNE 4
MAGDELON, CATHOS, GORGIBUS

GORGIBUS. – Il est bien nécessaire vraiment de faire tant de dépense pour vous graisser le museau. Dites-moi un peu ce que vous avez fait à ces Messieurs, que je les vois sortir avec tant de froideur ? Vous avais-je pas commandé de les recevoir comme des personnes que je voulais vous donner pour maris ?

MAGDELON. – Et quelle estime, mon père, voulez-vous que nous fassions du procédé irrégulier[2] de ces gens-là ?

CATHOS. – Le moyen, mon oncle, qu'une fille un peu raisonnable se pût accommoder de leur personne ?

GORGIBUS. – Et qu'y trouvez-vous à redire ?

MAGDELON. – La belle galanterie que la leur ! Quoi ? débuter d'abord[3] par le mariage !

GORGIBUS. – Et par où veux-tu donc qu'ils débutent ? par le concubinage[4] ? N'est-ce pas un procédé dont vous avez sujet de vous louer toutes deux aussi bien que moi ? Est-il rien de

1. **Brimborions** : petits objets de peu de valeur.
2. **Procédé irrégulier** : comportement qui ne se plie pas au code des bienséances, essentielles chez les précieux.
3. **D'abord** : immédiatement.
4. **Concubinage** : fait de vivre comme mari et femme, mais sans être marié.

plus obligeant[1] que cela ? Et ce lien sacré où ils aspirent, n'est-il pas un témoignage de l'honnêteté de leurs intentions ?

MAGDELON. – Ah ! mon père, ce que vous dites là est du dernier● bourgeois. Cela me fait honte de vous ouïr parler de la sorte, et vous devriez un peu vous faire apprendre le bel air[2] des choses.

GORGIBUS. – Je n'ai que faire ni d'air ni de chanson. Je te dis que le mariage est une chose sainte et sacrée, et que c'est faire en honnêtes gens que de débuter par là.

MAGDELON. – Mon Dieu, que, si tout le monde vous ressemblait, un roman serait bientôt fini ! La belle chose que ce serait si d'abord Cyrus épousait Mandane, et qu'Aronce de plain-pied fût marié à Clélie[3] !

GORGIBUS. – Que me vient conter celle-ci ?

MAGDELON. – Mon père, voilà ma cousine qui vous dira, aussi bien que moi, que le mariage ne doit jamais arriver qu'après les autres aventures●. Il faut qu'un amant, pour être agréable, sache débiter[4] les beaux sentiments, pousser[5] le doux, le tendre

1. **Obligeant** : gentil, aimable.
2. **Le bel air** : ce qui est à la mode.
3. **Aronce et Clélie** : personnages du *Grand Cyrus* et de *Clélie*, romans de Madeleine de Scudéry.
4. **Débiter** : exprimer.
5. **Pousser** : faire entendre, proférer avec passion.

● En langage précieux : tout à fait. Les précieuses aspirent à l'émancipation de la femme, par une revendication d'indépendance et d'égalité des droits dans le mariage. Gorgibus exprime, selon Cathos, les conceptions rétrogrades et terre à terre de la bourgeoisie, opposées à celles, nobles, de la préciosité.

● Les précieuses ont de l'amour une conception romanesque. Elles rêvent d'un sentiment pur, dégagé des aspects physiques. L'amant précieux doit passer par de nombreuses étapes avant d'arriver à gagner le cœur d'une dame.

et le passionné, et que sa recherche soit dans les formes●. Premièrement, il doit voir au temple[1], ou à la promenade, ou dans quelque cérémonie publique, la personne dont il devient amoureux ; ou bien être conduit fatalement chez elle par un parent ou un ami, et sortir de là tout rêveur et mélancolique. Il cache un temps sa passion à l'objet aimé, et cependant lui rend plusieurs visites, où l'on ne manque jamais de mettre sur le tapis une question galante qui exerce les esprits de l'assemblée●. Le jour de la déclaration arrive, qui se doit faire ordinairement dans une allée de quelque jardin, tandis que la compagnie s'est un peu éloignée ; et cette déclaration est suivie d'un prompt courroux, qui paraît à notre rougeur, et qui, pour un temps, bannit l'amant de notre présence. Ensuite il trouve moyen de nous apaiser, de nous accoutumer insensiblement au discours de sa passion, et de tirer de nous cet aveu qui fait tant de peine. Après cela viennent les aventures, les rivaux qui se jettent à la traverse d'une inclination établie, les persécutions des pères, les jalousies conçues sur de fausses apparences, les plaintes, les désespoirs, les enlèvements, et ce qui s'ensuit. Voilà comme les choses se traitent dans les belles manières et ce sont des règles dont, en bonne galanterie, on ne saurait se dispenser. Mais en venir de but en blanc à l'union conjugale, ne faire l'amour[2] qu'en faisant le contrat du mariage, et prendre justement le roman par la queue ! encore un coup, mon père, il ne se peut rien de plus marchand[3] que ce procédé ; et j'ai mal au cœur de la seule vision que cela me fait.

1. **Au temple** : à l'église.
2. **Faire l'amour** : faire la cour.
3. **Marchand** : vulgaire.

● **Comme l'amant courtois du Moyen Âge, l'amant des romans précieux accomplit une véritable quête remplie d'épreuves.**

● **Réunion mondaine qui se tenait après le dîner, le soir.**

GORGIBUS. – Quel diable de jargon entends-je ici ? Voici bien du haut style.

CATHOS. – En effet, mon oncle, ma cousine donne dans le vrai de la chose. Le moyen de bien recevoir des gens qui sont tout à fait incongrus en galanterie ? Je m'en vais gager qu'ils n'ont jamais vu la carte de Tendre, et que Billets-Doux, Petits-Soins, Billets-Galants et Jolis-Vers, sont des terres inconnues pour eux. Ne voyez-vous pas que toute leur personne marque cela, et qu'ils n'ont point cet air qui donne d'abord bonne opinion des gens ? Venir en visite amoureuse avec une jambe toute unie[1], un chapeau désarmé de plumes, une tête irrégulière en cheveux[2], et un habit qui souffre une indigence[3] de rubans !... mon Dieu, quels amants sont-ce là ! Quelle frugalité d'ajustement et quelle sécheresse de conversation ! On n'y dure point, on n'y tient pas. J'ai remarqué encore que leurs rabats[4] ne sont pas de la bonne faiseuse, et qu'il s'en faut plus d'un grand demi-pied que leurs hauts-de-chausse[5] ne soient assez larges.

GORGIBUS. – Je pense qu'elles sont folles toutes deux, et je ne puis rien comprendre à ce baragouin[6]. Cathos, et vous, Magdelon...

MAGDELON. – Eh ! de grâce, mon père, défaites-vous de ces noms étranges[7], et nous appelez autrement.

GORGIBUS. – Comment, ces noms étranges ? Ne sont-ce pas vos noms de baptême ?

1. **Une jambe toute unie** : une jambe sans « canons », dentelle attachée au-dessous du genou.
2. **En cheveux** : des cheveux non frisés, mal peignés.
3. **Indigence** : besoin, manque.
4. **Rabats** : collets de toile empesée, qui se rabattaient sur la poitrine.
5. **Hauts-de-chausse** : culotte qui descend jusqu'au genou. La mode veut qu'on la porte très ample.
6. **Baragouin** : langage incompréhensible.
7. **Étranges** : barbares.

Carte d'un pays imaginaire inventée par Madeleine de Scudéry dans *Clélie* (1654). Elle retrace les différentes étapes de la vie amoureuse selon les précieuses. Billets-Doux, Petits-Soins et Jolis-Vers font partie de ces étapes.

MAGDELON. – Mon Dieu, que vous êtes vulgaire ! Pour moi, un de mes étonnements, c'est que vous ayez pu faire une fille si spirituelle que moi. A-t-on jamais parlé dans le beau style de Cathos ni de Magdelon ? et ne m'avouerez-vous pas que ce serait assez d'un de ces noms pour décrier[1] le plus beau roman du monde ?

CATHOS. – Il est vrai, mon oncle, qu'une oreille un peu délicate pâtit furieusement[2] à entendre prononcer ces mots-là ; et le nom de Polyxène que ma cousine a choisi, et celui d'Aminte que je me suis donné●, ont une grâce dont il faut que vous demeuriez d'accord.

GORGIBUS. – Écoutez, il n'y a qu'un mot qui serve[3] : je n'entends point que vous ayez d'autres noms que ceux qui vous ont été donnés par vos parrains et marraines● ; et pour ces Messieurs dont il est question, je connais leurs familles et leurs biens, et je veux résolument[4] que vous vous disposiez à les recevoir pour maris. Je me lasse de vous avoir sur les bras, et la garde de deux filles est une charge un peu trop pesante pour un homme de mon âge.

CATHOS. – Pour moi, mon oncle, tout ce que je vous puis dire, c'est que je trouve le mariage une chose tout à fait choquante.

1. **Décrier** : dénigrer, rabaisser.
2. **Furieusement** : en langue précieuse, extrêmement.
3. **Il n'y a qu'un mot qui serve** : en un mot.
4. **Résolument** : sans hésitation.

● **Madame de Rambouillet se faisait appeler Arthénice et Madeleine de Scudéry Sapho. Le nom de Polyxène est tiré d'un roman de François de Molière. Aminte figure dans *Polexandre* de Gomberville.**

● **À l'époque, le jour du baptême, le filleul recevait le prénom du parrain et la filleule celui de la marraine. Une parenté spirituelle s'instaurait ainsi entre eux.**

Comment est-ce qu'on peut souffrir la pensée de coucher contre un homme vraiment nu ?

MAGDELON. – Souffrez que nous prenions un peu haleine parmi le beau monde de Paris, où nous ne faisons que d'arriver. Laissez-nous faire à loisir le tissu de notre roman, et n'en pressez point tant la conclusion.

GORGIBUS. – Il n'en faut point douter, elles sont achevées[1]. Encore un coup, je n'entends rien à toutes ces balivernes ; je veux être maître absolu ; et pour trancher toutes sortes de discours, ou vous serez mariées toutes deux avant qu'il soit peu, ou, ma foi ! vous serez religieuses : j'en fais un bon serment.

SCÈNE 5
CATHOS, MAGDELON

CATHOS. – Mon Dieu ! ma chère●, que ton père a la forme[2] enfoncée dans la matière ! que son intelligence est épaisse, et qu'il fait sombre dans son âme !

MAGDELON. – Que veux-tu, ma chère ? J'en suis en confusion pour lui. J'ai peine à me persuader que je puisse être véritablement sa fille, et je crois que quelque aventure, un jour, me viendra développer[3] une naissance plus illustre.

CATHOS. – Je le croirais bien ; oui, il y a toutes les apparences du monde ; et pour moi, quand je me regarde aussi...

1. **Elles sont achevées** : elles sont complètement folles.
2. **Forme** : esprit, par opposition au corps.
3. **Développer** : révéler.

● **Appellation fréquente chez les précieuses.**

SCÈNE 6
MAROTTE, CATHOS, MAGDELON

MAROTTE. – Voilà un laquais[1] qui demande si vous êtes au logis, et dit que son maître vous veut venir voir.

MAGDELON. – Apprenez, sotte, à vous énoncer moins vulgairement. Dites : « Voilà un nécessaire qui demande si vous êtes en commodité d'être visibles. »

MAROTTE. – Dame ! je n'entends point le latin, et je n'ai pas appris, comme vous, la filofie[2] dans *Le Grand Cyre*●.

MAGDELON. – L'impertinente ! Le moyen de souffrir cela ? Et qui est-il, le maître de ce laquais ?

MAROTTE. – Il me l'a nommé le marquis de Mascarille.

MAGDELON. – Ah ! ma chère, un marquis ! Oui, allez dire qu'on nous peut voir. C'est sans doute un bel esprit, qui aura ouï parler de nous.

CATHOS. – Assurément, ma chère.

MAGDELON. – Il faut le recevoir dans cette salle basse●, plutôt qu'en notre chambre. Ajustons un peu nos cheveux au moins, et soutenons notre réputation. Vite, venez nous tendre ici dedans[3] le conseiller des grâces[4].

MAROTTE. – Par ma foi, je ne sais point quelle bête c'est là : il faut parler chrétien, si vous voulez que je vous entende.

1. **Laquais** : valet.
2. **La filofie** : la philosophie.
3. **Ici dedans** : dans le cabinet.
4. **Le conseiller des grâces** : en langage précieux, le miroir.

● **La philosophie dans *Le Grand Cyrus*, roman précieux de Madeleine et Georges de Scudéry, le plus long roman jamais écrit.**

● **Au rez-de-chaussée. Seules les personnes intimes étaient reçues au premier étage, dans la chambre.**

CATHOS. – Apportez-nous le miroir, ignorante que vous êtes, et gardez-vous bien d'en salir la glace par la communication de votre image.

SCÈNE 7

MASCARILLE, DEUX PORTEURS

MASCARILLE. – Holà, porteurs, holà ! Là, là, là, là, là, là. Je pense que ces marauds-là ont dessein de me briser à force de heurter contre les murailles et les pavés.

PREMIER PORTEUR. – Dame ! c'est que la porte est étroite : vous avez voulu aussi que nous soyons entrés jusqu'ici.

MASCARILLE. – Je le crois bien. Voudriez-vous, faquins[1], que j'exposasse l'embonpoint[2] de mes plumes aux inclémences de la saison pluvieuse, et que j'allasse imprimer mes souliers en boue ? Allez, ôtez votre chaise d'ici●.

DEUXIÈME PORTEUR. – Payez-nous donc, s'il vous plaît, Monsieur.

MASCARILLE. – Hem ?

DEUXIÈME PORTEUR. – Je dis, Monsieur, que vous nous donniez de l'argent, s'il vous plaît.

MASCARILLE, *lui donnant un soufflet.* – Comment, coquin, demander de l'argent à une personne de ma qualité ?

DEUXIÈME PORTEUR. – Est-ce ainsi, qu'on paye les pauvres gens ? et votre qualité nous donne-t-elle à dîner ?

1. **Faquins** : individus impertinents et sans valeur.
2. **Embonpoint** : bon état.

● **La chaise à porteurs était un moyen de transport qu'on pouvait introduire jusqu'à l'intérieur des appartements. Ce véhicule est venu d'Angleterre sous Louis XIII. Il permettait d'éviter la boue des rues parisiennes, dont la plupart n'étaient pas encore pavées.**

MASCARILLE. – Ah ! ah ! ah ! je vous apprendrai à vous connaître● ! Ces canailles-là s'osent jouer à moi.

PREMIER PORTEUR, *prenant un des bâtons de sa chaise.* – Çà ! payez-nous vitement !

MASCARILLE. – Quoi ?

PREMIER PORTEUR. – Je dis, que je veux avoir de l'argent tout à l'heure[1].

MASCARILLE. – Il est raisonnable.

PREMIER PORTEUR. – Vite donc.

MASCARILLE. – Oui-da. Tu parles comme il faut, toi ; mais l'autre est un coquin qui ne sait ce qu'il dit. Tiens : es-tu content ?

PREMIER PORTEUR. – Non je ne suis pas content : vous avez donné un soufflet à mon camarade, et...

MASCARILLE. – Doucement. Tiens, voilà pour le soufflet. On obtient tout de moi quand on s'y prend de la bonne façon. Allez, venez me reprendre tantôt pour aller au Louvre, au petit coucher●.

SCÈNE 8

MAROTTE, MASCARILLE

MAROTTE. – Monsieur, voilà mes maîtresses qui vont venir tout à l'heure.

1. **Tout à l'heure** : tout de suite.

● **Mascarille est lui-même un valet, il sait très bien de quoi parlent les porteurs !**

● **Après le « grand coucher », en présence d'une assistance nombreuse, quelques privilégiés assistaient au « petit coucher » du roi. Lors du petit coucher, le roi terminait sa toilette et donnait des ordres pour le lendemain matin.**

MASCARILLE. – Qu'elles ne se pressent point : je suis ici posté commodément pour attendre.

MAROTTE. – Les voici.

SCÈNE 9

MAGDELON, CATHOS, MASCARILLE, ALMANZOR

MASCARILLE, *après avoir salué.* – Mesdames●, vous serez surprises, sans doute, de l'audace de ma visite ; mais votre réputation vous attire cette méchante affaire, et le mérite a pour moi des charmes si puissants, que je cours partout après lui.

MAGDELON. – Si vous poursuivez le mérite, ce n'est pas sur nos terres que vous devez chasser.

CATHOS. – Pour voir chez nous le mérite, il a fallu que vous l'y ayez amené.

MASCARILLE. – Ah ! je m'inscris en faux contre vos paroles. La renommée accuse[1] juste en contant ce que vous valez ; et vous allez faire pic, repic et capot● tout ce qu'il y a de galant dans Paris.

MAGDELON. – Votre complaisance pousse un peu trop avant la libéralité de ses louanges ; et nous n'avons garde, ma cousine et moi, de donner de notre sérieux dans le doux de votre flatterie.

CATHOS. – Ma chère, il faudrait faire donner des sièges.

1. **Accuse** : se montre.

● **Titre donné normalement aux femmes nobles, mariées ou non.**

● **Termes empruntés au jeu de piquet : avantage de 30 points, de 60 points, levée de toutes les cartes.**

MAGDELON. – Holà, Almanzor !

ALMANZOR. – Madame.

MAGDELON. – Vite, voiturez-nous ici les commodités de la conversation[1].

MASCARILLE. – Mais au moins, y a-t-il sûreté ici pour moi ?

CATHOS. – Que craignez-vous?

MASCARILLE. – Quelque vol de mon cœur, quelque assassinat de ma franchise[2]. Je vois ici des yeux qui ont la mine d'être de fort mauvais garçons, de faire insulte aux libertés, et de traiter une âme de Turc à More[3]. Comment diable, d'abord qu'on[4] les approche, ils se mettent sur leur garde meurtrière[5] ? Ah ! par ma foi, je m'en défie, et je m'en vais gagner au pied[6], ou je veux caution bourgeoise[7] qu'ils ne me feront point de mal.

MAGDELON. – Ma chère, c'est le caractère enjoué.

CATHOS. – Je vois bien que c'est un Amilcar●.

MAGDELON. – Ne craignez rien : nos yeux n'ont point de mauvais desseins, et votre cœur peut dormir en assurance sur leur prud'homie[8].

CATHOS. – Mais de grâce, Monsieur, ne soyez pas inexorable à ce fauteuil qui vous tend les bras il y a un quart d'heure ; contentez un peu l'envie qu'il a de vous embrasser.

MASCARILLE, *après s'être peigné et avoir ajusté ses canons.* – Eh bien, Mesdames, que dites-vous de Paris ?

1. **Les commodités de la conversation** : en langage précieux, les fauteuils.
2. **Franchise** : liberté.
3. **Traiter une âme de Turc à More** : comme les Turcs traitaient les Mores, leurs sujets.
4. **D'abord qu'on** : aussitôt que.
5. **Garde meurtrière** : terme d'escrime.
6. **Je m'en vais gagner au pied** : m'enfuir.
7. **Caution bourgeoise** : garantie sérieuse donnée par une personne de confiance.
8. **Prud'homie** : honnêteté.

● **Type de l'amant agréable dans *Clélie*.**

MAGDELON. – Hélas ! qu'en pourrions-nous dire ? Il faudrait être l'antipode de la raison, pour ne pas confesser que Paris est le grand bureau[1] des merveilles, le centre du bon goût, du bel esprit et de la galanterie.

MASCARILLE. – Pour moi, je tiens que hors de Paris, il n'y a point de salut pour les honnêtes gens.

CATHOS. – C'est une vérité incontestable.

MASCARILLE. – Il y fait un peu crotté ; mais nous avons la chaise.

MAGDELON. – Il est vrai que la chaise est un retranchement merveilleux contre les insultes de la boue et du mauvais temps.

MASCARILLE. – Vous recevez beaucoup de visites : quel bel esprit est des vôtres ?

MAGDELON. – Hélas ! nous ne sommes pas encore connues ; mais nous sommes en passe de l'être, et nous avons une amie particulière qui nous a promis d'amener ici tous ces Messieurs du *Recueil des pièces choisies*●.

CATHOS. – Et certains autres qu'on nous a nommés aussi pour être les arbitres souverains des belles choses.

MASCARILLE. – C'est moi qui ferai votre affaire mieux que personne : ils me rendent tous visite ; et je puis dire que je ne me lève jamais sans une demi-douzaine de beaux esprits.

MAGDELON. – Eh ! mon Dieu, nous vous serons obligées de la dernière obligation, si vous nous faites cette amitié ; car enfin il faut avoir la connaissance de tous ces Messieurs-là, si l'on veut être du beau monde. Ce sont eux qui donnent le branle[2] à la réputation dans Paris, et vous savez qu'il y en a tel dont il

1. **Le grand bureau** : réunion.
2. **Le branle** : l'impulsion, le mouvement.

● **Recueil du libraire Charles de Sercy (1653), contenant des œuvres de Corneille, Scudéry...**

ne faut que la seule fréquentation pour vous donner bruit[1] de connaisseuse, quand il n'y aurait rien autre chose que cela. Mais pour moi, ce que je considère particulièrement, c'est que, par le moyen de ces visites spirituelles, on est instruite de cent choses qu'il faut savoir de nécessité, et qui sont de l'essence d'un bel esprit. On apprend par là chaque jour les petites nouvelles galantes, les jolis commerces[2] de prose et de vers. On sait à point nommé : « Un tel a composé la plus jolie pièce du monde sur un tel sujet ; une telle a fait des paroles sur un tel air ; celui-ci a fait un madrigal● sur une jouissance ; celui-là a composé des stances sur une infidélité ; Monsieur un tel écrivit hier au soir un sizain à Mademoiselle une telle, dont elle lui a envoyé la réponse ce matin sur les huit heures ; un tel auteur a fait un tel dessein[3] ; celui-là en est à la troisième partie de son roman ; cet autre met ses ouvrages sous la presse[4]. » C'est là ce qui vous fait valoir dans les compagnies ; et si l'on ignore ces choses, je ne donnerais pas un clou de tout l'esprit qu'on peut avoir.

CATHOS. – En effet, je trouve que c'est renchérir sur le ridicule, qu'une personne se pique d'esprit et ne sache pas jusqu'au moindre petit quatrain qui se fait chaque jour ; et pour moi, j'aurais toutes les hontes du monde s'il fallait qu'on vînt à me demander si j'aurais vu quelque chose de nouveau que je n'aurais pas vu.

MASCARILLE. – Il est vrai qu'il est honteux de n'avoir pas des premiers tout ce qui se fait ; mais ne vous mettez pas en peine :

1. **Bruit** : réputation.
2. **Commerces** : échanges.
3. **Dessein** : projet d'ouvrage.
4. **Met ses ouvrages sous la presse** : les donne à imprimer.

● **Musique vocale sur un texte profane, puis pièce de vers exprimant des idées galantes.**

je veux établir chez vous une Académie● de beaux esprits, et je vous promets qu'il ne se fera pas un bout de vers dans Paris que vous ne sachiez par cœur avant tous les autres. Pour moi, tel que vous me voyez, je m'en escrime[1] un peu quand je veux ; et vous verrez courir de ma façon, dans les belles ruelles● de Paris, deux cents chansons, autant de sonnets, quatre cents épigrammes et plus de mille madrigaux, sans compter les énigmes et les portraits[2].

MAGDELON. – Je vous avoue que je suis furieusement pour les portraits ; je ne vois rien de si galant que cela.

MASCARILLE. – Les portraits sont difficiles, et demandent un esprit profond : vous en verrez de ma manière qui ne vous déplairont pas.

CATHOS. – Pour moi, j'aime terriblement les énigmes.

MASCARILLE. – Cela exerce l'esprit, et j'en ai fait quatre encore ce matin, que je vous donnerai à deviner.

MAGDELON. – Les madrigaux sont agréables, quand ils sont bien tournés.

MASCARILLE. – C'est mon talent particulier ; et je travaille à mettre en madrigaux toute l'histoire romaine.

MAGDELON. – Ah! certes, cela sera du dernier beau. J'en retiens un exemplaire au moins, si vous le faites imprimer.

1. **Je m'en escrime** : je m'y exerce.
2. **Les portraits** : genres poétiques très prisés des précieux.

● **Une assemblée savante réunie chez un particulier, à l'imitation de l'Académie française, fondée en 1635.**

● **Les ruelles sont l'espace entre le mur et le lit, où se tiennent les visiteurs, dans la chambre où les dames reçoivent, couchées sur un lit de parade. Le terme désigne ensuite les réunions mondaines.**

MASCARILLE. – Je vous en promets à chacune un, et des mieux reliés. Cela est au-dessous de ma condition● ; mais je le fais seulement pour donner à gagner aux libraires qui me persécutent.

MAGDELON. – Je m'imagine que le plaisir est grand de se voir imprimé.

MASCARILLE. – Sans doute. Mais à propos, il faut que je vous dise un impromptu● que je fis hier chez une duchesse de mes amies que je fus visiter ; car je suis diablement fort sur les impromptus.

CATHOS. – L'impromptu est justement la pierre de touche de l'esprit.

MASCARILLE. – Écoutez donc.

MAGDELON. – Nous y sommes de toutes nos oreilles.

MASCARILLE. –

Oh ! oh ! je n'y prenais pas garde :
Tandis que, sans songer à mal, je vous regarde,
Votre œil en tapinois me dérobe mon cœur.
Au voleur, au voleur, au voleur, au voleur !

CATHOS. – Ah ! mon Dieu ! voilà qui est poussé[1] dans le dernier galant.

MASCARILLE. – Tout ce que je fais a l'air cavalier[2] ; cela ne sent point le pédant.

MAGDELON. – Il en est éloigné de plus de deux mille lieues.

MASCARILLE. – Avez-vous remarqué ce commencement : *Oh, oh* ? Voilà qui est extraordinaire : *oh, oh* ! Comme un homme qui s'avise tout d'un coup : *oh, oh !* La surprise : *oh, oh !*

1. **Poussé** : exprimé.
2. **L'air cavalier** : aisé, à la manière d'un gentilhomme.

● **Un gentilhomme ne publiait pas son œuvre sous son vrai nom.**

● **Courte pièce de vers improvisée, non préparée.**

MAGDELON. – Oui, je trouve ce *oh, oh !* admirable.

MASCARILLE. – Il semble que cela ne soit rien.

CATHOS. – Ah ! mon Dieu, que dites-vous ? Ce sont là de ces sortes de choses qui ne se peuvent payer.

MAGDELON. – Sans doute ; et j'aimerais mieux avoir fait ce *oh, oh !* qu'un poème épique.

MASCARILLE. – Tudieu[1] ! vous avez le goût bon.

MAGDELON. – Eh ! je ne l'ai pas tout à fait mauvais.

MASCARILLE. – Mais n'admirez-vous pas aussi *je n'y prenais pas garde ? Je n'y prenais pas garde,* je ne m'apercevais pas de cela : façon de parler naturelle : *je n'y prenais pas garde. Tandis que sans songer à mal,* tandis qu'innocemment, sans malice, comme un pauvre mouton ; *je vous regarde,* c'est-à-dire, je m'amuse à vous considérer, je vous observe, je vous contemple ; *Votre œil en tapinois*... Que vous semble de ce mot *tapinois* ? n'est-il pas bien choisi ?

CATHOS. – Tout à fait bien.

MASCARILLE. – *Tapinois,* en cachette : il semble que ce soit un chat qui vienne de prendre une souris : *tapinois.*

MAGDELON. – Il ne se peut rien de mieux.

MASCARILLE. – *Me dérobe mon cœur,* me l'emporte, me le ravit. *Au voleur, au voleur, au voleur, au voleur !* Ne diriez-vous pas que c'est un homme qui crie et court après un voleur pour le faire arrêter ? *Au voleur, au voleur, au voleur, au voleur !*

MAGDELON. – Il faut avouer que cela a un tour spirituel et galant.

MASCARILLE. – Je veux vous dire l'air que j'ai fait dessus.

CATHOS. – Vous avez appris la musique ?

MASCARILLE. – Moi ? Point du tout.

1. **Tudieu !** : vertu de Dieu ! (Juron familier aux XVIe et XVIIe siècles : « par la vertu de Dieu ! » abrégé).

CATHOS. – Et comment donc cela se peut-il ?

MASCARILLE. – Les gens de qualité savent tout sans avoir jamais rien appris[●].

MAGDELON. – Assurément, ma chère.

MASCARILLE. – Écoutez si vous trouverez l'air à votre goût. *Hem, hem. La, la, la, la, la.* La brutalité de la saison a furieusement outragé la délicatesse de ma voix ; mais il n'importe, c'est à la cavalière.

(Il chante)

Oh, oh ! je n'y prenais pas...

CATHOS. – Ah ! que voilà un air qui est passionné ! Est-ce qu'on n'en meurt point ?

MAGDELON. – Il y a de la chromatique[●] là-dedans.

MASCARILLE. – Ne trouvez-vous pas la pensée bien exprimée dans le chant ? *Au voleur !...* Et puis comme si l'on criait bien fort, *au, au, au, au, au, au voleur !* Et tout d'un coup comme une personne essoufflée : *au voleur !*

MAGDELON. – C'est là savoir le fin des choses, le grand fin, le fin du fin. Tout est merveilleux, je vous assure ; je suis enthousiasmée de l'air et des paroles.

CATHOS. – Je n'ai encore rien vu de cette force-là.

MASCARILLE. – Tout ce que je fais me vient naturellement, c'est sans étude.

MAGDELON. – La nature vous a traité en vraie mère passionnée, et vous en êtes l'enfant gâté.

● Cette phrase est de Madeleine de Scudéry, qui l'applique à sa propre personne, dans *Le Grand Cyrus*.

● Terme à la mode, qui désigne la gamme des couleurs, qui procède par demi-tons.

MASCARILLE. – À quoi donc passez-vous le temps ?

CATHOS. – À rien du tout.

MAGDELON. – Nous avons été jusqu'ici, dans un jeûne effroyable de divertissements.

MASCARILLE. – Je m'offre à vous mener l'un de ces jours à la comédie, si vous voulez ; aussi bien on en doit jouer une nouvelle que je serai bien aise que nous voyions ensemble.

MAGDELON. – Cela n'est pas de refus.

MASCARILLE. – Mais je vous demande d'applaudir comme il faut, quand nous serons là ; car je me suis engagé de faire valoir la pièce, et l'auteur m'en est venu prier encore ce matin. C'est la coutume ici qu'à nous autres gens de condition les auteurs viennent lire leurs pièces nouvelles, pour nous engager à les trouver belles, et leur donner de la réputation ; et je vous laisse à penser si, quand nous disons quelque chose, le parterre ose nous contredire●. Pour moi, j'y suis fort exact ; et quand j'ai promis à quelque poète, je crie toujours : « Voilà qui est beau ! » devant[1] que les chandelles soient allumées.

MAGDELON. – Ne m'en parlez point : c'est un admirable lieu que Paris ; il s'y passe cent choses tous les jours qu'on ignore dans les provinces, quelque spirituelle qu'on puisse être.

CATHOS. – C'est assez : puisque nous sommes instruites, nous ferons notre devoir de nous écrier comme il faut sur tout ce qu'on dira.

MASCARILLE. – Je ne sais si je me trompe, mais vous avez toute la mine d'avoir fait quelque comédie.

1. Devant : avant.

● **C'est ainsi que Molière avait à cœur de plaire autant aux gens de qualité, à la cour, qu'au « parterre », qui comprend lui-même aussi bien les bourgeois que les laquais.**

MAGDELON. – Eh ! il pourrait être quelque chose de ce que vous dites.

MASCARILLE. – Ah ! ma foi, il faudra que nous la voyions. Entre nous, j'en ai composé une que je veux faire représenter.

CATHOS. – Hé, à quels comédiens la donnerez-vous ?

MASCARILLE. – Belle demande ! Aux grands comédiens●. Il n'y a qu'eux qui soient capables de faire valoir les choses ; les autres sont des ignorants qui récitent comme l'on parle ; ils ne savent pas faire ronfler les vers, et s'arrêter au bel endroit : et le moyen de connaître où est le beau vers, si le comédien ne s'y arrête, et ne vous avertit par là qu'il faut faire le brouhaha[1] ?

CATHOS. – En effet, il y a manière de faire sentir aux auditeurs les beautés d'un ouvrage ; et les choses ne valent que ce qu'on les fait valoir.

MASCARILLE. – Que vous semble de ma petite-oie[2] ? La trouvez-vous congruante[3] à l'habit ?

CATHOS. – Tout à fait.

MASCARILLE. – Le ruban est bien choisi.

MAGDELON. - Furieusement bien. C'est Perdrigeon● tout pur.

MASCARILLE. – Que dites-vous de mes canons● ?

MAGDELON. – Ils ont tout à fait bon air.

MASCARILLE. – Je puis me vanter au moins qu'ils ont un grand quartier[4] plus que tous ceux qu'on fait.

1. **Faire le brouhaha** : applaudir.
2. **Petite-oie** : accessoires de toilette (chapeau, bas, gants...).
3. **Congruante** : assortie.
4. **Un grand quartier** : un quart d'aune, 30 centimètres environ.

● **La troupe royale de l'hôtel de Bourgogne.**

● **Perdrigeon est le nom d'un célèbre mercier de Paris à la mode.**

● **Les canons sont des accessoires vestimentaires décoratifs faits de tissus, de dentelles et de rubans, qui se portaient attachés au-dessus du genou.**

MAGDELON. – Il faut avouer que je n'ai jamais vu porter si haut l'élégance de l'ajustement.

MASCARILLE. – Attachez un peu sur ces gants la réflexion de votre odorat.

MAGDELON. – Ils sentent terriblement bon.

CATHOS. – Je n'ai jamais respiré une odeur mieux conditionnée.

MASCARILLE. – Et celle-là[1] ?

MAGDELON. – Elle est tout à fait de qualité ; le sublime[2] en est touché délicieusement.

MASCARILLE. – Vous ne me dites rien de mes plumes : comment les trouvez-vous ?

CATHOS. – Effroyablement belles.

MASCARILLE. – Savez-vous que le brin me coûte un louis d'or ? Pour moi, j'ai cette manie de vouloir donner généralement sur tout ce qu'il y a de plus beau.

MAGDELON. – Je vous assure que nous sympathisons vous et moi : j'ai une délicatesse furieuse pour tout ce que je porte ; et jusqu'à mes chaussettes[3], je ne puis rien souffrir qui ne soit de la bonne ouvrière.

MASCARILLE, *s'écriant brusquement.* – Ahi, ahi, ahi, doucement ! Dieu me damne, Mesdames, c'est fort mal en user ; j'ai à me plaindre de votre procédé ; cela n'est pas honnête.

CATHOS. – Qu'est-ce donc ? qu'avez-vous ?

MASCARILLE. – Quoi ? toutes deux contre mon cœur, en même temps ! m'attaquer à droite et à gauche ! Ah ! c'est contre le droit des gens ; la partie n'est pas égale ; et je m'en vais crier au meurtre.

1. Il fait sentir sa perruque.
2. **Le sublime** : en langage précieux, le cerveau.
3. **Chaussettes** : bas de toile sans pied qu'on mettait sur la peau et sous le bas de dessus.

CATHOS. – Il faut avouer qu'il dit les choses d'une manière particulière.

MAGDELON. – Il a un tour admirable dans l'esprit.

CATHOS. – Vous avez plus de peur que de mal, et votre cœur crie avant qu'on l'écorche.

MASCARILLE. – Comment diable ! il est écorché depuis la tête jusqu'aux pieds.

SCÈNE 10

MAROTTE, MASCARILLE, CATHOS, MAGDELON

MAROTTE. – Madame, on demande à vous voir.

MAGDELON. – Qui ?

MAROTTE. – Le vicomte de Jodelet●.

MASCARILLE. – Le vicomte de Jodelet ?

MAROTTE. – Oui, Monsieur.

CATHOS. – Le connaissez-vous ?

MASCARILLE. – C'est mon meilleur ami.

MAGDELON. – Faites entrer vitement.

MASCARILLE. – Il y a quelque temps que nous ne nous sommes vus, et je suis ravi de cette aventure.

CATHOS. – Le voici.

● **Le public a la surprise de voir arriver cet acteur comique très célèbre, il s'attend à une scène d'une haute portée comique.**

SCÈNE 11

JODELET, MASCARILLE, CATHOS, MAGDELON, MAROTTE

MASCARILLE. – Ah ! Vicomte !

JODELET, *s'embrassant l'un l'autre*. – Ah ! Marquis !

MASCARILLE. – Que je suis aise de te rencontrer !

JODELET. – Que j'ai de joie de te voir ici !

MASCARILLE. – Baise-moi donc encore un peu, je te prie.

MAGDELON. – Ma toute bonne, nous commençons d'être connues ; voilà le beau monde qui prend le chemin de nous venir voir.

MASCARILLE. – Mesdames, agréez que je vous présente ce gentilhomme-ci : sur ma parole, il est digne d'être connu de vous.

JODELET. – Il est juste de venir vous rendre ce qu'on vous doit ; et vos attraits exigent leurs droits seigneuriaux[1] sur toutes sortes de personnes.

MAGDELON. – C'est pousser vos civilités jusqu'aux derniers confins de la flatterie.

CATHOS. – Cette journée doit être marquée dans notre almanach comme une journée bienheureuse.

MAGDELON. – Allons, petit garçon, faut-il toujours vous répéter les choses ? Voyez-vous pas qu'il faut le surcroît[2] d'un fauteuil ?

MASCARILLE. – Ne vous étonnez pas de voir le Vicomte de la sorte, il ne fait que sortir d'une maladie qui lui a rendu le visage pâle comme vous le voyez.

1. **Droits seigneuriaux** : hommages.
2. **Le surcroît** : l'ajout.

Ces embrassades bruyantes constituaient de courantes démonstrations d'amitié entre petits marquis.

Jodelet a le visage « enfariné ». En outre, il est vraiment malade et mourra quatre mois après la création de son rôle.

JODELET. – Ce sont fruits des veilles de la cour et des fatigues de la guerre.

MASCARILLE. – Savez-vous, Mesdames, que vous voyez dans le Vicomte un des vaillants hommes du siècle ? C'est un brave à trois poils[1].

JODELET. – Vous ne m'en devez rien, Marquis ; et nous savons ce que vous savez faire aussi.

MASCARILLE. – Il est vrai que nous nous sommes vus tous deux dans l'occasion.

JODELET. – Et dans des lieux où il faisait fort chaud[2].

MASCARILLE, *les regardant toutes deux.* – Oui ; mais non pas si chaud qu'ici. Hai, hai, hai !

JODELET. – Notre connaissance s'est faite à l'armée ; et la première fois que nous nous vîmes, il commandait un régiment de cavalerie sur les galères de Malte.

MASCARILLE. – Il est vrai ; mais vous étiez pourtant dans l'emploi avant que j'y fusse ; et je me souviens que je n'étais que petit officier encore, que vous commandiez deux mille chevaux.

JODELET. – La guerre est une belle chose ; mais ma foi, la cour récompense bien mal aujourd'hui les gens de service[3] comme nous.

MASCARILLE. – C'est ce qui fait que je veux pendre l'épée au croc[4].

1. **Un brave à trois poils** : une personne de grande qualité, comme le velours dont la trame est composée de trois fils.
2. **Où il faisait fort chaud** : dans les cuisines. Ils font allusion à leur statut de valet.
3. **Gens de service** : jeu de mots qui évoque les gens au service du roi et au service d'un maître.
4. **Pendre l'épée au croc** : abandonner le métier des armes, la vie militaire.

Allusions qui faisaient beaucoup rire le public de l'époque. Jodelet souffrait d'une maladie qui, croit-on, était un peu honteuse. En outre, il pâlissait à la vue d'une épée.

Peut-être un échange de politesses entre les comédiens : Jodelet était un acteur de farce reconnu, qui avait 32 ans de plus que Molière.

CATHOS. – Pour moi, j'ai un furieux tendre[1] pour les hommes d'épée.

MAGDELON. – Je les aime aussi ; mais je veux que l'esprit assaisonne la bravoure.

MASCARILLE. – Te souvient-il, Vicomte, de cette demi-lune[2] que nous emportâmes sur les ennemis au siège d'Arras ?

Les Précieuses ridicules, *gravure de Pierre Brissart, frontispice d'une édition de 1682, BNF, Paris.*

1. **Un furieux tendre** : en langage précieux, une forte inclination.
2. **Demi-lune** : élément de fortification.

Le siège d'Arras, en 1640, durant la campagne des Pays-Bas espagnols.

JODELET. – Que veux-tu dire avec ta demi-lune ? C'était bien une lune tout entière.

MASCARILLE. – Je pense que tu as raison.

JODELET. – Il m'en doit bien souvenir, ma foi : j'y fus blessé à la jambe d'un coup de grenade, dont je porte encore les marques. Tâtez un peu, de grâce, vous sentirez quelque coup, c'était là.

CATHOS. – Il est vrai que la cicatrice est grande.

MASCARILLE. – Donnez-moi un peu votre main, et tâtez celui-ci, là, justement au derrière de la tête : y êtes-vous ?

MAGDELON. – Oui : je sens quelque chose.

MASCARILLE. – C'est un coup de mousquet que je reçus, la dernière campagne que j'ai faite.

JODELET. – Voici un autre coup qui me perça de part en part à l'attaque de Gravelines●.

MASCARILLE, *mettant la main sur le bouton de son haut-de-chausses.* – Je vais vous montrer une furieuse plaie.

MAGDELON. – Il n'est pas nécessaire : nous le croyons sans y regarder.

MASCARILLE. – Ce sont des marques honorables qui font voir ce qu'on est.

CATHOS. – Nous ne doutons point de ce que vous êtes.

MASCARILLE. – Vicomte, as-tu là ton carrosse ?

JODELET. – Pourquoi ?

MASCARILLE. – Nous mènerions promener ces dames hors des portes●, et leur donnerions un cadeau[1].

1. **Un cadeau** : un goûter, à la campagne.

● **L'attaque des Gravelines, en 1644 ou 1658.**

● **La porte Saint-Antoine, qui ouvrait sur le cours Saint-Antoine et le bois de Vincennes, ou la porte de la Conférence marquant la limite ouest de Paris, qui menait au « Cour-la-Reine », les quais aménagés par Marie de Médicis.**

MAGDELON. – Nous ne saurions sortir aujourd'hui.

MASCARILLE. – Ayons donc les violons pour danser.

JODELET. – Ma foi, c'est bien avisé.

MAGDELON. – Pour cela nous y consentons ; mais il faut donc quelque surcroît de compagnie.

MASCARILLE. – Holà ! Champagne, Picard, Bourguignon, Casquaret, Basque, La Verdure, Lorrain, Provençal, La Violette ! Au diable soient tous les laquais ! Je ne pense pas qu'il y ait gentilhomme en France plus mal servi que moi. Ces canailles me laissent toujours seul.

MAGDELON. – Almanzor, dites aux gens de Monsieur, qu'ils aillent quérir des violons, et nous faites venir ces Messieurs et ces Dames d'ici près, pour peupler la solitude de notre bal.

MASCARILLE. – Vicomte, que dis-tu de ces yeux ?

JODELET. – Mais toi-même, Marquis, que t'en semble ?

MASCARILLE. – Moi, je dis, que nos libertés auront peine à sortir d'ici les braies[1] nettes. Au moins, pour moi, je reçois d'étranges secousses, et mon cœur ne tient plus qu'à un filet.

MAGDELON. – Que tout ce qu'il dit est naturel ! Il tourne les choses le plus agréablement du monde.

CATHOS. – Il est vrai qu'il fait une furieuse dépense en esprit.

MASCARILLE. – Pour vous montrer que je suis véritable[2], je veux faire un impromptu là-dessus.

CATHOS. – Eh ! je vous en conjure de toute la dévotion de mon cœur : que nous ayons quelque chose qu'on ait fait pour nous.

1. **Braies** : pantalons.
2. **Véritable** : sincère.

JODELET. – J'aurais envie d'en faire autant ; mais je me trouve un peu incommodé de la veine poétique, pour la quantité des saignées● que j'y ai faites ces jours passés.

MASCARILLE. – Que diable est cela ? Je fais toujours bien le premier vers ; mais j'ai peine à faire les autres. Ma foi, ceci est un peu trop pressé : je vous ferai un impromptu à loisir, que vous trouverez le plus beau du monde.

JODELET. – Il a de l'esprit comme un démon.

MAGDELON. – Et du galant, et du bien tourné.

MASCARILLE. – Vicomte, dis-moi un peu, y a-t-il longtemps que tu n'as vu la Comtesse ?

JODELET. – Il y a plus de trois semaines que je ne lui ai rendu visite.

MASCARILLE. – Sais-tu bien que le Duc m'est venu voir ce matin, et m'a voulu mener à la campagne courir un cerf avec lui ?

MAGDELON. – Voici nos amies, qui viennent.

SCÈNE 12

JODELET, MASCARILLE, CATHOS, MAGDELON, MAROTTE, LUCILE●

MAGDELON. – Mon Dieu, mes chères, nous vous demandons pardon. Ces Messieurs ont eu fantaisie de nous donner les âmes des pieds[1] ; et nous vous avons envoyé quérir pour remplir les vides de notre assemblée.

1. **Les âmes des pieds** : en langage précieux, les violons (ils donnent la vie aux pieds qui dansent).

● **Une saignée est une pratique médicale qui consistait à prélever du sang du malade pour rééquilibrer son métabolisme.**

● **Ajouter les violons et autres invités des précieuses, sans doute encore présents dans les scènes suivantes.**

LUCILE. – Vous nous avez obligées[1], sans doute.

MASCARILLE. – Ce n'est ici qu'un bal à la hâte ; mais l'un de ces jours nous vous en donnerons un dans les formes. Les violons sont-ils venus ?

ALMANZOR. – Oui, Monsieur ; ils sont ici.

CATHOS. – Allons donc, mes chères, prenez place.

MASCARILLE, *dansant lui seul comme par prélude.* – La, la, la, la, la, la, la, la.

MAGDELON. – Il a tout à fait la taille élégante.

CATHOS. – Et a la mine de danser proprement.

MASCARILLE, *ayant pris Magdelon.* – Ma franchise[2] va danser la courante[3] aussi bien que mes pieds. En cadence, violons, en cadence. Oh ! quels ignorants ! Il n'y a pas moyen de danser avec eux. Le diable vous emporte ! ne sauriez-vous jouer en mesure ? La, la, la, la, la, la, la. Ferme, ô violons de village.

JODELET, *dansant ensuite.* – Holà ! ne pressez pas si fort la cadence : je ne fais que sortir de maladie.

SCÈNE 13
DU CROISY, LA GRANGE, MASCARILLE

LA GRANGE, *un bâton à la main.* – Ah ! ah ! coquins, que faites-vous ici ? Il y a trois heures que nous vous cherchons.

MASCARILLE, *se sentant battre.* – Ahy ! ahy ! ahy ! vous ne m'aviez pas dit que les coups en seraient aussi.

1. **Vous nous avez obligées** : c'est un honneur que vous nous faites.
2. **Franchise** : liberté.
3. **La courante** : une danse à la mode.

JODELET. – Ahy ! ahy ! ahy !

LA GRANGE. – C'est bien à vous, infâme que vous êtes, à vouloir faire l'homme d'importance.

DU CROISY. – Voilà qui vous apprendra à vous connaître.

(Ils sortent.)

SCÈNE 14

MASCARILLE, JODELET, CATHOS, MAGDELON

MAGDELON. – Que veut donc dire ceci ?

JODELET. – C'est une gageure[1].

CATHOS. – Quoi ! vous laisser battre de la sorte !

MASCARILLE. – Mon Dieu, je n'ai pas voulu faire semblant de rien ; car je suis violent, et je me serais emporté.

MAGDELON. – Endurer un affront comme celui-là, en notre présence !

MASCARILLE. – Ce n'est rien : ne laissons pas d'achever. Nous nous connaissons il y a longtemps ; et entre amis, on ne va pas se piquer pour si peu de chose.

SCÈNE 15

DU CROISY, LA GRANGE, MASCARILLE, JODELET, MAGDELON, CATHOS

LA GRANGE. – Ma foi, marauds, vous ne vous rirez pas de nous, je vous promets. Entrez, vous autres[2].

1. **Gageure** : gage d'un pari.
2. L'édition de 1682 précise qu'il s'agit de « trois ou quatre spadassins » (assassins à gages).

MAGDELON. – Quelle est donc cette audace, de venir nous troubler de la sorte dans notre maison ?

DU CROISY. – Comment, Mesdames, nous endurerons que nos laquais soient mieux reçus que nous ? qu'ils viennent vous faire l'amour[1] à nos dépens, et vous donnent le bal ?

MAGDELON. – Vos laquais ?

LA GRANGE. – Oui, nos laquais : et cela n'est ni beau ni honnête de nous les débaucher[2] comme vous faites.

MAGDELON. – Ô Ciel ! quelle insolence !

LA GRANGE. – Mais ils n'auront pas l'avantage de se servir de nos habits pour vous donner dans la vue ; et si vous les voulez aimer, ce sera, ma foi, pour leurs beaux yeux. Vite qu'on les dépouille sur-le-champ.

JODELET. – Adieu notre braverie[3].

MASCARILLE. – Voilà le marquisat et la vicomté à bas.

DU CROISY. – Ha ! ha ! coquins, vous avez l'audace d'aller sur nos brisées[4] ! Vous irez chercher autre part de quoi vous rendre agréables aux yeux de vos belles, je vous en assure.

LA GRANGE. – C'est trop que de nous supplanter, et de nous supplanter avec nos propres habits.

MASCARILLE. – Ô Fortune, quelle est ton inconstance.

DU CROISY. – Vite, qu'on leur ôte jusqu'à la moindre chose.

LA GRANGE. – Qu'on emporte toutes ces hardes[5], dépêchez. Maintenant, Mesdames, en l'état qu'ils sont, vous pouvez continuer vos amours avec eux tant qu'il vous plaira ; nous

1. **L'amour** : la cour.
2. **Les débaucher** : les détourner de leur travail.
3. **Braverie** : magnificence dans la tenue.
4. **D'aller sur nos brisées** : d'entrer dans le domaine qui nous est réservé.
5. **Hardes** : habits.

vous laissons toute sorte de liberté pour cela, et nous vous protestons, Monsieur, et moi, que nous n'en serons aucunement jaloux.

CATHOS. – Ah ! quelle confusion !

MAGDELON. – Je crève de dépit.

VIOLONS, *au Marquis.* – Qu'est-ce donc que ceci ? Qui nous payera, nous autres ?

MASCARILLE. – Demandez à Monsieur le Vicomte.

VIOLONS, *au Vicomte.* – Qui est-ce qui nous donnera de l'argent ?

JODELET. – Demandez à Monsieur le Marquis.

SCÈNE 16

GORGIBUS, MASCARILLE, MAGDELON

GORGIBUS. – Ah ! coquines que vous êtes, vous nous mettez dans de beaux draps blancs, à ce que je vois ! et je viens d'apprendre de belles affaires, vraiment, de ces Messieurs qui sortent !

MAGDELON. – Ah ! mon père, c'est une pièce[1] sanglante qu'ils nous ont faite.

GORGIBUS. – Oui, c'est une pièce sanglante mais qui est un effet de votre impertinence, infâmes ! Ils se sont ressentis du traitement que vous leur avez fait ; et cependant, malheureux que je suis, il faut que je boive l'affront.

1. **Pièce** : bon tour.

MAGDELON. – Ah ! je jure que nous en serons vengées, ou que je mourrai en la peine. Et vous, marauds, osez-vous vous tenir ici après votre insolence ?

MASCARILLE. – Traiter comme cela un marquis ! Voilà ce que c'est que du monde ! la moindre disgrâce nous fait mépriser de ceux qui nous chérissaient. Allons, camarade, allons chercher fortune autre part : je vois bien qu'on n'aime ici que la vaine apparence, et qu'on n'y considère point la vertu toute nue.

(Ils sortent tous deux.)

SCÈNE 17

GORGIBUS, MAGDELON, CATHOS, VIOLONS

VIOLONS. – Monsieur, nous entendons que vous nous contentiez à leur défaut[1] pour ce que nous avons joué ici.

GORGIBUS, *les battant.* – Oui, oui, je vous vais contenter, et voici la monnaie dont je vous veux payer. Et vous, pendardes, je ne sais qui[2] me tient que je ne vous en fasse autant. Nous allons servir de fable et de risée à tout le monde, et voilà ce que vous vous êtes attiré par vos extravagances. Allez vous cacher, vilaines ; allez vous cacher pour jamais. Et vous, qui êtes cause de leur folie, sottes billevesées, pernicieux amusements des esprits oisifs, romans, vers, chansons, sonnets et sonnettes●, puissiez-vous être à tous les diables !

1. **Que vous nous contentiez à leur défaut** : que vous nous payiez à leur place.
2. **Qui** : ce qui.

● **Calembour : jeu de mots entre « sonnettes » et « sornettes ».**

Le roi de France Louis XIV au milieu des Dames de la cour, *gravure pour l'almanach de 1667, BNF, Paris.*

LE DOSSIER

Les Précieuses ridicules

Une comédie satirique sur la préciosité

Que sont une farce et une comédie ?

La comédie n'entre pas en littérature avant les années 1630 en France. C'est Molière, héritier des farces médiévales, qui lui donne ses lettres de noblesse.

● LA FARCE

Au Moyen Âge, la farce* était associée aux termes de moralité (pièce satirique visant une idée) ou sottie (satire* des idées politiques). On les jouait sur des tréteaux à l'occasion de fêtes, de marchés, de foires. Les thèmes étaient tirés du quotidien : disputes entre mari et femme, vendeur et client, procureur et avocat, serviteur et maître. La mise en scène* d'une tromperie est souvent l'intrigue d'une farce. Certaines farces du XVe siècle sont restées célèbres comme *La Farce du Cuvier* ou *La Farce de Maître Pathelin*.

● LA COMÉDIE, LES ORIGINES ANTIQUES

La comédie* naît dans la Grèce antique, où on la joue lors de fêtes traditionnelles vouées à Dionysos. Aristote la distingue de la tragédie, genre sérieux et noble ; la comédie est un genre comique et bas. À Rome, bouffonnerie, chant et danse se mêlent. Plaute et Térence tentent de donner au genre une dignité littéraire, privilégiant le naturel et le bon ton.

Le théâtre dans la Grèce antique est très codifié. Les représentations*, données à l'occasion de grandes fêtes, durent plusieurs jours. Les acteurs sont masqués et costumés afin qu'on les identifie bien. En effet, un même acteur peut jouer plusieurs rôles et la représentation se déroule dans un grand théâtre en plein air. Enfin, le théâtre doit faire rire la population mais il a aussi une fonction moralisatrice.*

Qu'en est-il des *Précieuses ridicules* ?

Cette pièce est une comédie-farce : elle mêle le goût de l'intrigue (vengeance des gentilshommes éconduits, quiproquo* sur le personnage de Mascarille) et la légèreté de la farce (coups de bâtons, humour grivois).*

● LA COMÉDIE : UN GENRE D'ABORD TRIVIAL, PUIS DE CRITIQUE SOCIALE

Au Moyen Âge, c'est le règne de la farce, du théâtre de tréteaux et d'improvisation*. En Europe, la comédie prend son essor au XVIe siècle. La *commedia dell'arte* en Italie la porte à un haut niveau de style. Des auteurs comme L'Arioste en Italie, Tirso de Molina et Calderon en Espagne, Shakespeare en Angleterre, la conduisent au rang de genre littéraire. En France, elle ne s'implante pas encore comme tel. Pourtant, le théâtre de foire et la *commedia dell'arte* introduits vers 1570, obtiennent encore un grand succès.

> *Les personnages* de la* commedia dell'arte *sont typiques et source d'inspiration pour de nombreux auteurs. Arlequin est un valet espiègle que l'on reconnaît à son costume rapiécé ; il joue par la suite le rôle d'un amoureux rêveur portant un vêtement aux losanges multicolores. Polichinelle est un homme perfide à l'origine de nombreuses intrigues et portant un masque avec un nez crochu. Le Capitan est un soldat fanfaron, se vantant sans cesse, mais en réalité lâche et peureux.*

Vers 1630, Molière l'arrache définitivement à sa situation mineure. La comédie comme la tragédie respecte les règles de bienséance et la règle des unités (de lieu, de temps, d'action). Il en fait un miroir critique du monde, lui donnant une fonction sociale. Il y mêle les thèmes de la farce (légèreté, intrigue amoureuse) et le souci de l'intrigue (péripéties et coups de théâtre). Elle peut corriger les défauts des hommes par le rire, dénoncer les travers d'une société (comédie de mœurs), ou construire l'histoire autour d'un personnage (comédie de caractère).

● LES DIFFÉRENTS PROCÉDÉS COMIQUES*

Dans la comédie, différents procédés font rire le spectateur.

Le comique de gestes*, le plus présent dans la farce, repose sur le jeu du corps (grimaces, coups, chutes, poursuites...).

Le comique de mots* repose sur le langage (jeux de mots, registres de langue, défauts de prononciation...).

Le comique de caractère* repose sur un défaut moral du personnage (avarice, peur maladive...).

Le comique de situation* repose sur l'intrigue (tromperies, quiproquos, malentendus...).

Qu'est-ce que la préciosité ?

Pour qualifier un comportement, l'adjectif précieux est péjoratif : il désigne une attitude trop affectée. La préciosité est, au XVIIe siècle, plus qu'un courant littéraire, une tendance, un mode de vie, hérité d'un goût pour la galanterie qui marque tout le siècle, en particulier les périodes de guerre et de trouble politique du milieu du siècle. Il connaît son apogée dans les années 1650-1660.

● UN ESPRIT D'ÉLÉGANCE, UN ART DE VIVRE

Le XVIIe siècle découvre la galanterie et le raffinement, il veut corriger les mœurs rustiques des générations précédentes, récupérer le raffinement de la courtoisie du Moyen Âge. On pratique les vertus de la mondanité dans la correspondance, les conversations, la parole amoureuse.

La préciosité définit un art de vivre éloigné de toute vulgarité et grossièreté. C'est une manière de se vêtir (avec des rubans bien nommés galants, des dentelles...), de parler (dans un style noble, enrichi de tournures métaphoriques, d'adverbes, d'hyperboles, de jeux de mots), de ressentir (par un long cheminement du sentiment qui ne doit pas se déclarer trop vite).

● LE RÈGNE DE LA FEMME

La préciosité devient un nouveau modèle culturel où la femme occupe une place centrale et donne le ton. La marquise de Rambouillet (1588-1665) ouvre les portes de son hôtel à la société lettrée de l'époque. Les plus grands écrivains fréquentent ce salon qui devient le lieu de création à la mode. On y commente les derniers ouvrages parus, on pratique des jeux littéraires, comme le blason, l'énigme, le proverbe, le portrait mystérieux...

Somaize, dans son Grand dictionnaire des Précieuses *(1661) déclare que « pour être précieuse, il faut ou tenir assemblée chez soi, ou aller chez celles qui en tiennent : c'est encore une loi assez reçue parmi elles de lire toutes les nouveautés, et surtout les romans, de savoir faire des vers et des billets doux. »*

La dame prend un surnom raffiné (Madame de Rambouillet est Arthénice, anagramme de son prénom Catherine, Madeleine de Scudéry est Sapho). L'importance de ce genre de salon, dans la vie littéraire de l'époque, lui donne un nouveau statut qui n'est pas apprécié par tous.

● LE STYLE PRÉCIEUX

La préciosité recherche le parler élégant, utilise un style imagé fait de périphrases et de métaphores : le miroir est « le conseiller des grâces », les joues sont « le trône de la pudeur », les fauteuils « le trône de la conversation ».

La poésie est galante, légère, affectionne les sonnets, les chansons et les madrigaux (courtes pièces de vers galants).

Les romans racontent des complications sentimentales inspirées de la tradition courtoise. L'amour n'a rien de physique, les personnages sont exceptionnels.

Ce mouvement permet aux femmes de la haute société de revendiquer un idéal, où celle-ci n'est pas reléguée au rang de femme au foyer, et offre une émancipation pour certaines. Cependant, pratiqué excessivement, le style précieux devient ridicule et inspire de nombreuses critiques.

Les auteurs du courant précieux

Son influence est assez importante pour retrouver ses traces dans la plupart des œuvres du temps, chez La Fontaine, Corneille, Racine...

Les auteurs précieux les plus connus sont :

***Honoré d'Urfé** (1567-1625) est rendu célèbre par son volumineux roman* L'Astrée *qui raconte une histoire d'amour contrariée entre des bergers.*

***Madeleine de Scudéry** (1607-1701) écrit* Artamène ou le Grand Cyrus *(roman de 10 volumes) et* Clélie, Histoire romaine *(1654-1661), qui contient la fameuse « Carte de Tendre ».*

Étape 1 • Étudier l'exposition

SUPPORT • Liste des personnages, scènes 1, 2, 3 (p. 12 à 16).

OBJECTIF • Repérer les informations données sur les personnages et l'intrigue.

As-tu bien lu ?

1 La Grange et Du Croisy sont :
- ☐ deux bandits de grand chemin.
- ☐ deux laquais de Gorgibus.
- ☐ deux gentilshommes, prétendants de Magdelon et Cathos.

2 Cathos est :
- ☐ la sœur de Magdelon.
- ☐ la cousine de Magdelon.
- ☐ la cousine de Marotte.

3 Pourquoi La Grange et Du Croisy sont-ils en colère ?

4 Que décide de faire La Grange ?

Une liste de personnages qui en dit long

5 « amants rebutés » : cherche le mot « rebuter » dans le dictionnaire. Qu'est-il arrivé à La Grange et Du Croisy ?

6 « Gorgibus, bon bourgeois » : qu'est-ce qu'un bourgeois au XVIIe siècle ?

7 « Précieuse ridicule » : cherche le mot « précieuse » dans le dictionnaire. Quelle signification ce mot a-t-il à l'époque de Molière ?

8 D'après tes réponses aux questions précédentes, que peux-tu deviner sur l'intrigue de la pièce ?

Des scènes d'exposition*

9 Relève, dans le début de la scène 1, une réplique* qui montre que l'action a commencé bien avant le début de la pièce.

10 Quels sont les premiers personnages à entrer en scène ? De quoi se plaignent-ils ? Que peut-on en déduire pour la suite de l'intrigue ?

11 Pourquoi les jeunes filles n'apparaissent-elles qu'à la scène 2 ?

12 Magdelon et Cathos sont définies dans la liste des personnages comme les « précieuses ridicules ». Par quels mots sont-elles désignées par La Grange, Gorgibus et Marotte dans les scènes 1, 2 et 3 ? Réponds à la question en remplissant le tableau suivant.

La Grange	Gorgibus	Marotte

13 Que peux-tu conclure de ce tableau ? Magdelon et Cathos sont-elles prises au sérieux par La Grange, Gorgibus et Marotte ?

14 Compare la longueur des scènes 1, 2 et 3. Quelle impression la succession de ces scènes fait-elle au lecteur concernant la vie de la maison ?

La langue et le style

15 Scène 1 : « deux pecques provinciales » (l. 11). Cherche dans le dictionnaire la définition de « provinciales ». Quelle connotation le mot revêt-il ici ?

16 « Un ambigu de précieuse et de coquette » (l. 28) qui font « les renchéries » (l. 12). Ces mots sont-ils mélioratifs ou péjoratifs ? Pourquoi La Grange fait-il ce choix de vocabulaire ?

Faire le bilan

17 Rédige un résumé de ce que tu as appris sur l'intrigue et les personnages à la lecture des trois premières scènes. Pourquoi les appelle-t-on « scènes d'exposition » ?

À toi de jouer

18 « Ce que j'en prétends faire ! Il faut ... » (l. 42). Complète la phrase de La Grange en livrant le projet de vengeance que tu imagines.

Étape 2 • Étudier les personnages

SUPPORT • Scène 4 (p. 16 à 21).

OBJECTIF • Étudier les personnages des précieuses et l'opposition de points de vue entre les filles et Gorgibus.

As-tu bien lu ?

1 Gorgibus veut forcer Cathos et Magdelon à se marier :
- ☐ parce que c'est un sentimental.
- ☐ parce qu'il veut faire la fête.
- ☐ parce qu'il en a assez de prendre en charge financièrement deux jeunes filles.

2 Magdelon ne veut pas entendre parler de ce mariage :
- ☐ parce qu'elle trouve les prétendants affreux.
- ☐ parce qu'il arrive trop rapidement, sans les étapes de séduction nécessaires.
- ☐ parce qu'elle veut braver l'autorité de Gorgibus.

3 Que décide Gorgibus finalement ?
- ☐ de marier les jeunes filles, qu'elles le veuillent ou non.
- ☐ de les laisser choisir leur futur mari.
- ☐ de les mettre au couvent.

Magdelon et Cathos

4 Quelles sont les différentes étapes de la séduction selon les jeunes précieuses ? Que révèlent ces étapes sur leur conception de l'amour ?

5 D'où leur viennent ces idées ? Relève une phrase prononcée par Cathos qui justifie ta réponse.

6 Que reprochent les jeunes femmes à l'apparence des deux prétendants ? À quoi ressemble le prétendant idéal selon elles ?

7 Pourquoi Magdelon et Cathos refusent-elles d'être appelées par leur vrai nom ?

Gorgibus

8 Observe la longueur des répliques. Qui domine le dialogue ?

9 Gorgibus arrive-t-il à trouver des arguments pour contrer les idées des précieuses ?

10 Pour Gorgibus, le mariage est un « lien sacré » (l. 81), les prénoms des jeunes filles sont « leur nom de baptême » (l. 147). Qu'est-ce qu'un sacrement dans la religion chrétienne ? Pourquoi Gorgibus rappelle-t-il l'importance de ces sacrements aux jeunes filles ?

La langue et le style

11 Quel est le registre de langue utilisé par Magdelon et Cathos ? Donne des exemples.

12 Observe les types de phrases utilisés par Gorgibus. Quels sentiments expriment-ils ?

13 Dans la tirade* de Magdelon, de « Il cache un temps sa passion » à « de notre présence » (l. 104-111) : souligne les verbes conjugués, entoure les mots de liaison, délimite et identifie les propositions. Que traduit cet enchevêtrement de propositions selon toi ?

Faire le bilan

14 « C'est du dernier bourgeois » (l. 83), « cela me fait honte… » (l. 84), « mon Dieu, que vous êtes vulgaire ! » (l. 148) : que révèlent ces répliques de Magdelon sur les enjeux de la préciosité ? Sont-ils seulement une affaire de raffinement et de sentiments délicats ?

15 En quoi reconnaît-on en Magdelon et Cathos « Les Précieuses ridicules » du titre ?

Donne ton avis

16 Selon toi, Magdelon et Cathos sont-elles des précieuses ridicules ou des jeunes filles émancipées ? Réponds de façon argumentée, en t'appuyant sur des exemples précis.

Étape 3 • Analyser les procédés satiriques

SUPPORT • Scène 9 (p. 25 à 36).

OBJECTIF • Repérer la dimension satirique et analyser les procédés mis en œuvre.

As-tu bien lu ?

1 Mascarille est :
- ☐ un noble qui vient courtiser les jeunes précieuses.
- ☐ un valet qui vient délivrer un message.
- ☐ un valet qui vient duper les demoiselles.

2 Mascarille est arrivé :
☐ à cheval ☐ en chaise à porteurs ☐ à pied

3 Cathos et Magdelon :
- ☐ sont ravies de la présence de Mascarille.
- ☐ sont gênées de sa présence.
- ☐ voient en lui l'occasion de se faire connaître dans le monde.

La satire des petits marquis

4 Qualifiez l'allure et la tenue vestimentaire de Mascarille. En quoi est-elle ridicule ?

5 Observe la manière dont Mascarille met en avant ses atouts vestimentaires. En quoi est-elle exagérément affectée ?

6 Pourquoi Mascarille se vante-t-il de connaître le tout Paris littéraire ? Est-ce une attitude élégante selon toi ?

7 « je tiens que hors de Paris il n'y a point de salut pour les honnêtes gens », dit Mascarille (l. 295). Cherche la définition du mot « snobisme ». En quoi peut-on l'appliquer aux trois personnages ?

La satire de la préciosité

8 Pourquoi peut-on dire que Mascarille a bien préparé son entrée dans les scènes précédentes ?

9 Quelles qualités morales de l'amant précieux idéal Mascarille tente-t-il de refléter ? Nomme ces qualités et appuie ta réponse sur une citation du texte.

10 « Ma chère, c'est le caractère enjoué » (l. 281), « Je vois bien que c'est un Amilcar » (l. 282) : à qui Magdelon et Cathos s'adressent-elles ? Comment appelle-t-on ce type de réplique ? Quel effet Mascarille fait-il aux jeunes filles ?

11 Que penses-tu de l'impromptu composé par Mascarille ? Qu'en pensent les jeunes filles ?

12 En t'appuyant sur un relevé précis, montre que Cathos et Magdelon se fient aux apparences pour juger leurs interlocuteurs.

La langue et le style

13 Relève les adverbes en *-ment* qu'affectionnent les précieuses.

14 Identifie les figures de style employées par les personnages :
- « voiturez-nous ici les commodités de la conversation » (l. 270).
- « Si vous poursuivez le mérite, ce n'est pas sur nos terres que vous devez chasser » (l. 255).
- « Je vois d'ici des yeux qui ont la mine d'être de forts mauvais garçons » (l. 275).
- « Paris est le grand bureau des merveilles » (l. 292).
- « ce fauteuil qui vous tend les bras il y a un quart d'heure » (l. 287).

Faire le bilan

15 En t'appuyant sur tes réponses aux questions précédentes, montre que Molière utilise le comique pour faire la satire des précieux en présentant des caricatures* de ces personnes.

À toi de jouer

16 Avec deux de tes camarades, imaginez une mise en scène du passage de l'impromptu : « Écoutez donc... Il y a de la chromatique là-dedans » (l. 377 à 432). Imaginez et jouez les déplacements et gestes des personnages, les expressions du visage, leurs intentions et sentiments.

Étape 4 • Relever les procédés comiques

SUPPORT • Scènes 11, 12, 13 (p. 37 à 44).

OBJECTIF • Distinguer les différents procédés comiques et analyser ceux qui relèvent de la farce.

As-tu bien lu ?

1 Jodelet est :
- ☐ un gentilhomme qui vient rendre visite aux jeunes précieuses.
- ☐ un valet ami de Mascarille.
- ☐ le nom d'un comédien de l'époque.

2 Du Croisy et La Grange :
- ☐ surprennent les valets et les jeunes filles par hasard.
- ☐ ont bien monté leur coup.
- ☐ crachent au visage des valets.

3 Vrai ou faux ?
- ☐ Jodelet a commis des exploits à la guerre.
- ☐ Jodelet est un jeune homme.
- ☐ Jodelet a une maladie qui lui rend le visage pâle.

Une situation cocasse

4 Qui est réellement Jodelet dans le monde théâtral du XVIIe siècle ? Fais une petite recherche sur ce personnage.

5 D'après ta réponse à la question précédente, pourquoi l'ignorance de Cathos et Magdelon est-elle comique face à ce personnage ?

6 Que ressentent les précieuses à l'écoute des prétendus exploits de Mascarille et Jodelet à la guerre, et à la vue de Mascarille dansant ? En quoi est-ce comique ?

7 « Oui : je sens quelque chose » (l. 598) : pourquoi Magdelon arrive-t-elle à sentir une véritable cicatrice derrière la tête de Mascarille ? En quoi est-elle ridicule ?

Des procédés qui relèvent de la farce

8 Mets en évidence les différentes sortes de comiques présents dans ces scènes, en complétant le tableau suivant.

Comique de gestes	Comique de mots	Comique de situation	Comique de caractère

9 Pourquoi peut-on dire que La Grange et Du Croisy arrivent à point nommé ?

10 Quelle est leur réaction ? En quoi cette réaction ne peut que choquer les précieuses ? En quoi est-elle typique de la farce ?

La langue et le style

11 « C'est un coup de mousquet que je reçus… » (l. 599), « Voici un autre coup qui me perça… » (l. 601) : quels sont le mode et le temps des verbes ? Ce temps est-il utilisé à l'oral d'habitude ? Quel effet cela produit-il ?

12 « Que tout ce qu'il dit est naturel ! » (l. 632) : pourquoi cette phrase est-elle ironique ?

Faire le bilan

13 En t'appuyant sur tes réponses aux questions précédentes, tu rédigeras un paragraphe argumenté montrant que cette scène a recours aux procédés comiques de la farce. Tu montreras qu'il s'agit d'une tromperie, que le comique de gestes est très présent et qu'on emploie un langage grossier et grivois.

À toi de jouer

14 Par groupes de quatre élèves, improvisez à partir de la scène 11 : dans cette scène de séduction, deux élèves jouent les hommes coquins et grivois, deux filles jouent les naïves qui ne comprennent rien à la situation, et les admirent pour leur élégance.

Étape 5 • Étudier la scène finale*

SUPPORT • Scènes 15, 16, 17 (p. 44 à 47).

OBJECTIF • Caractériser le dénouement* et identifier la morale qui s'en dégage.

As-tu bien lu ?

1 Complète le texte ci-dessous avec les mots suivants : vérité, vengeance, valets, vêtements, humiliées, honte, rôle, entendre.

La Grange et Du Croisy surgissent pour rétablir la .... et accomplir leur .... Mascarille et Jodelet ne sont que des .... Leurs maîtres se hâtent de leur enlever leurs .... Cathos et Magdelon se sentent ...., de même que Gorgibus qui ressent une grande .... Les valets, en pleine représentation, ont du mal à sortir de leur .... Les violons n'arrivent pas à se faire ....

Des précieuses dépitées

2 Pourquoi peut-on dire que Cathos et Magdelon tombent de haut dans ce dénouement ?

3 Leurs répliques sont-elles nombreuses dans ces trois scènes ? Pourquoi ?

4 À quoi en est réduite Magdelon dans la scène 16 ? Que jure-t-elle de faire ?

5 Remplis le tableau suivant en attribuant à chacun des personnages les sentiments qui le concernent : dépit, déception, satisfaction, honte, humiliation, incompréhension, colère, indignation.

	La Grange et Du Croisy	**Cathos et Magdelon**	**Mascarille et Jodelet**	**Gorgibus**	**Les violons**
Sentiments					

La morale de l'histoire

6 Pourquoi La Grange et Du Croisy font-ils déshabiller les valets ? Qu'anéantissent-ils ainsi ? Montre qu'il s'agit là d'un procédé typique de la farce.

7 Choisis la bonne morale qui se dégage de cette scène et justifie-la :
- ☐ Rien ne sert de courir il faut partir à point.
- ☐ Il ne faut pas se fier aux apparences.
- ☐ Les bons comptes font les bons amis.

8 « Traiter comme cela un marquis ! » (l. 746) : selon toi, pourquoi Mascarille, pourtant démasqué, continue-t-il à jouer son rôle ?

9 Quel type de comique plus fin est mis en avant ici ?

10 « Et vous, qui êtes cause de leur folie... » (l. 758) : à qui Gorgibus s'adresse-t-il ?

11 Pourquoi Molière donne-t-il le dernier mot à Gorgibus ? Montre, en t'appuyant sur le texte, qu'il veut ainsi critiquer les précieuses et les oisifs et mettre en avant le bon sens.

La langue et le style

12 « sonnets et sonnettes » (l. 760) : quelle figure de style utilise Gorgibus ? Explique ce calembour.

13 « Je crève de dépit. » (l. 726) : en quoi Magdelon quitte-t-elle ici son rôle de précieuse ?

14 « Ah ! mon père, c'est une pièce sanglante qu'ils nous ont faite. » (l. 737) : en quoi cette expression est-elle hyperbolique ? Quel sentiment Magdelon cherche-t-elle à obtenir de son père ? Qu'obtient-elle finalement ?

Faire le bilan

15 La Grange et Du Croisy sont-ils bien vengés ? Quelle image nous est donnée des personnages ?

16 Montre que dans cette pièce Molière défend le bon sens et la mesure contre la préciosité et l'excès.

Donne ton avis

17 En quoi cette histoire de vengeance reste-t-elle un divertissement très joyeux et désinvolte ? Donne ton avis en formulant des arguments et en donnant des exemples précis du texte.

Étape 6 • Étudier le thème des salons et de la préciosité

SUPPORT • La pièce et les documents de l'enquête.

OBJECTIF • Identifier la satire du monde littéraire parisien.

As-tu bien lu ?

1 Vrai ou faux ?

- ☐ Mascarille est un poète qui fréquente les salons à la mode.
- ☐ Magdelon et Cathos croient Mascarille et Jodelet lorsqu'ils prétendent connaître la belle société parisienne.
- ☐ Jodelet est tellement faible qu'il se sent incapable de composer un impromptu.
- ☐ Magdelon et Cathos n'ont aucune chance de fréquenter les salons.

Le monde du théâtre

2 Dans la scène 9, Mascarille parle de confier sa pièce aux « grands comédiens » (l. 476). Qui sont ces comédiens ? Où jouent-ils ?

3 Pourquoi peut-on dire que Masacarille parle au nom de Molière quand il évoque ces comédiens qui « récitent comme l'on parle » (l. 478), qui ne « savent point faire ronfler les vers, et s'arrêter au bel endroit » (l. 479) ?

4 Fais une petite recherche : quelles étaient les théories de Molière sur la diction des comédiens et leur manière de déclamer leur texte ?

5 Dans cette même scène, de quelle coutume lors des spectacles Mascarille souligne-t-il le ridicule ?

Le monde des salons

6 Quel espoir Cathos et Magdelon ont-elles en venant s'installer à Paris ?

7 Quelle raison pousse Magdelon à recevoir Mascarille dans la scène 6 ?

8 Quel est le comble du ridicule, selon Cathos, pour une personne de qualité, dans la scène 9 ?

9 Quel célèbre ouvrage est le livre de référence des jeunes filles en matière d'amour et de galanterie ? Qui en est l'auteur ?

10 « par le moyen de ces visites spirituelles [...] les petites nouvelles galantes » (scène 9, l. 321 à 324) : que sont ces « nouvelles galantes » ? Quel aspect de la personnalité des jeunes filles est ainsi révélé ?

11 Quels jeux spirituels pratiqués dans les salons sont nommés dans la scène 9 ? En quoi consistent-ils ?

12 « Vicomte, [...] la comtesse ? » (scène 11, l. 649) : à quoi les valets s'amusent-ils devant les jeunes filles ? Quel effet ce jeu a-t-il sur elles ?

13 « Les gens de qualité savent tout sans avoir jamais rien appris » dit Mascarille (l. 421). En quoi cette phrase est-elle une critique des gens de qualité ?

Faire le bilan

14 Complète le texte avec les mots suivants : raille, snobisme, comédie, mœurs, farce, faux-savoir, ridicule.

Les Précieuses ridicules est une ...., qui mêle à un comique fin un comique grivois : elle est ainsi voisine de la .... Par ailleurs, elle .... le monde des salons, tournant en .... le .... et le .... qui le caractérisent. On peut dire que cette pièce est une vraie comédie de .... qui dénonce les travers d'une société.

À toi de jouer

15 Connais-tu d'autres pièces de Molière faisant la satire du snobisme et du goût des apparences ?

16 Ces thèmes sont-ils passés de mode aujourd'hui ?

17 Faites une improvisation, par groupes de deux élèves.
Un dîner (accessoires* : une table, deux chaises, assiettes et couverts). Un personnage parle, l'autre pas. Celui qui parle évoque en se vantant les derniers films qu'il a vus, le shopping qu'il a fait, les marques qu'il connaît... L'autre exprime par le corps et les expressions du visage seulement ses réactions (admiration, intérêt, lassitude...).

Étape 7 • Étudier le thème de la mode dans *Les Précieuses ridicules*

SUPPORT • Ensemble de la pièce.

OBJECTIF • Exploiter le thème de l'enquête.

As-tu bien lu ?

1 Vrai ou faux ?

- ☐ La Grange et Du Croisy portent trop de rubans.
- ☐ La Grange et Du Croisy ne portent pas de perruque.
- ☐ La Grange et Du Croisy portent une culotte rhingrave.
- ☐ Cathos et Magdelon se passent une crème auto-bronzante.
- ☐ Mascarille est très fier de sa tenue vestimentaire.
- ☐ Mascarille porte des canons.
- ☐ Jodelet est très pâle parce qu'il est très malade.

Être à la page

2 D'où Magdelon et Cathos tiennent-elles leur connaissance de la dernière mode parisienne, alors qu'elles viennent de province ?

3 Quelle raison amène en premier lieu les jeunes filles à mépriser La Grange et Du Croisy ?

4 Dans la scène 4, quelle critique de Cathos envers les jeunes nobles montre que la provenance et la fabrication du costume comptent autant que son apparence ? Trouve une autre remarque sur ce sujet, de la part de Cathos, dans la scène 9.

5 Nomme les accessoires que doit porter un homme de qualité en étudiant les allures de La Grange et Du Croisy, puis celle de Mascarille.

Prendre soin de soi

6 Quels produits cosmétiques Cathos et Magdelon utilisent-elles ? De quoi sont-ils composés ?

7 Qu'en pense Gorgibus ?

8 Comment les précieuses nomment-elles le miroir ?

9 Qui s'occupe de les aider à se préparer ?

10 Que porte Jodelet pour rendre son visage pâle ?

11 Qu'ont de particulier les gants de Mascarille ?

Faire le bilan

12 La mode qu'apprécient Cathos et Magdelon est-elle plutôt simple ou outrancière ? Donne des exemples.

13 À quelle période du règne de Louis XIV cette mode correspond-elle ? Qu'est-ce qui caractérise cette période concernant la mode ?

14 Que nous révèle cet attachement à la mode sur le caractère des précieuses, et sur celui des deux jeunes hommes éconduits ?

15 Que nous révèle-t-il sur le courant précieux, socialement parlant ?

16 En quoi le thème de la mode contribue-t-il à faire des *Précieuses ridicules* une véritable comédie de mœurs ?

À toi de jouer

17 Est-il nécessaire de suivre la mode ?
Réponds à cette question de manière argumentée en te demandant si la mode :
- est synonyme d'uniformisation ;
- permet de marquer son appartenance à un groupe ;
- est un facteur de conflit et de séparation entre ceux qui suivent différentes modes.

Jeux littéraires et jeux galants à l'époque de la préciosité : groupement de documents

OBJECTIF • Comparer plusieurs documents sur le thème des jeux littéraires pratiqués par les précieuses.

DOCUMENT 1 MADELEINE DE SCUDÉRY, *Le Grand Cyrus*, « Portrait de Cléomire », 1653.

Les précieux réalisaient très fréquemment des portraits de personnes qui appartenaient à leurs salons. Cette mode est lancée par Madeleine de Scudéry qui trace le portrait de tout son entourage dans son roman Le Grand Cyrus. *Voici celui de Madame de Rambouillet.*

Cléomire est grande et bien faite ; tous les traits de son visage sont admirables ; la délicatesse de son teint ne se peut exprimer ; la majesté de toute sa personne est digne d'admiration et il sort je ne sais quel état de ses yeux qui imprime le respect dans l'âme de tous ceux qui la regardent... Sa physionomie est la plus belle et la plus noble que je vis jamais, et il paraît une tranquillité sur son visage qui fait voir clairement qu'elle est celle de son âme. On voit même en la voyant seulement que toutes ses passions sont soumises à raison et ne font point de guerre intestine dans son cœur ; en effet je ne pense pas que l'incarnat qu'on voit sur ses joues ait jamais passé ses limites et se soit épanché sur tout son visage, si ce n'a été par la chaleur de l'été ou par la pudeur, mais jamais par la colère ni par aucun dérèglement de l'âme ; ainsi Cléomire étant toujours également tranquille, est toujours également belle...

Au reste, l'esprit et l'âme de cette merveilleuse personne surpassent de beaucoup sa beauté ; le premier n'a pas de bornes dans son étendue et l'autre n'a point d'égale en générosité, en constance, en bonté, en justice et en pureté. L'esprit de Cléomire n'est pas un de ces esprits qui n'ont de lumière que celle que la nature leur donne, car elle l'a cultivé soigneusement, et je pense pouvoir dire qu'il n'est point de belles connaissances qu'elle n'ait acquises. Elle sait diverses langues et n'ignore presque rien de tout ce qui mérite d'être su, mais elle le sait sans faire semblant de le savoir et on dirait à l'entendre parler, tant elle est modeste, qu'elle ne parle de toutes choses admirablement comme elle fait, que par le simple sens commun et par le seul usage du monde. [...] L'ordre, la régularité et la propreté sont dans tous ses appartements et à tous ses meubles ; tout est magnifique chez elle et même particulier ; [...]. Au reste personne n'a eu une connaissance si délicate qu'elle pour les beaux ouvrages de prose ni pour les vers ; elle en juge pourtant avec une modération merveilleuse, ne quittant jamais la bienséance de son sexe, quoiqu'elle en soit beaucoup au-dessus.

Le salon littéraire de la marquise de Rambouillet, *gravure anonyme de 1858.*

DOCUMENT 2 MOLIÈRE, *Le Misanthrope*, acte II, scène 4, 1666.

Célimène la coquette reçoit dans son salon et excelle dans le jeu à la mode des portraits. Molière montre dans cette pièce l'épanouissement de la vie mondaine dans la première moitié du XVIIe siècle. Chacun est invité à la créativité, à un sens de l'observation aiguisés et à la finesse du langage.

ACASTE
Que vous semble d'Adraste ?

CÉLIMÈNE
Ah ! quel orgueil extrême !
C'est un homme gonflé de l'amour de soi-même.
Son mérite, jamais, n'est content de la cour ;
Contre elle il fait métier de pester chaque jour.
Et l'on ne donne emploi, charge ni bénéfice,
Qu'à tout ce qu'il se croit on ne fasse injustice.

CLITANDRE
Mais le jeune Cléon, chez qui vont aujourd'hui
Nos plus honnêtes gens, que dites-vous de lui ?

CÉLIMÈNE
Que de son cuisinier il s'est fait un mérite.
Et que c'est à sa table à qui l'on rend visite.

ÉLIANTE
Il prend soin d'y servir des mets fort délicats.

CÉLIMÈNE
Oui, mais je voudrais bien qu'il ne s'y servît pas :
C'est un fort méchant plat que sa sotte personne,
Et qui gâte, à mon goût, tous les repas qu'il donne.

PHILINTE
On fait assez de cas de son oncle Damis.
Qu'en dites-vous, Madame ?

CÉLIMÈNE
Il est de mes amis.

PHILINTE
Je le trouve honnête homme et d'un air assez sage.

CÉLIMÈNE
Oui, mais il veut avoir trop d'esprit, dont j'enrage ;
Il est guindé sans cesse, et dans tous ses propos
On voit qu'il se travaille à dire de bons mots.
Depuis que dans la tête il s'est mis d'être habile,
Rien ne touche son goût, tant il est difficile ;
Il veut voir des défauts à tout ce qu'on écrit,
Et pense que louer n'est pas d'un bel esprit.
Que c'est être savant que trouver à redire ;
Qu'il n'appartient qu'aux sots d'admirer, et de rire,
Et qu'en n'approuvant rien des ouvrages du temps
Il se met au-dessus de tous les autres gens ;
Aux conversations même il trouve à reprendre :
Ce sont propos trop bas, pour y daigner descendre ;
Et, les deux bras croisés, du haut de son esprit
Il regarde en pitié tout ce que chacun dit.

ACASTE
Dieu me damne ! voilà son portrait véritable.

DOCUMENT 3 « La Carte de Tendre », in *Clélie, Histoire romaine*, MADELEINE DE SCUDÉRY, 1660.

« La Carte de Tendre » trace, sous forme de villages et de chemins, les différentes étapes de la relation amoureuse selon les précieuses.

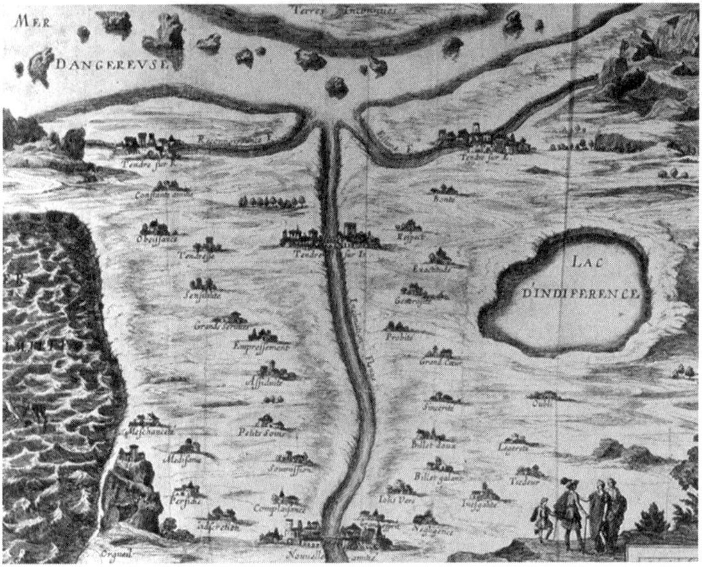

As-tu bien lu ?

1 Document 1 : qui est Cléomire ? A-t-elle existé ?

2 Document 2 : quel effet les portraits dessinés par Célimène font-ils à son auditoire ?

L'aspect ludique de ces portraits

3 Peux-tu imaginer exactement à quoi ressemble Cléomire ? Ce portrait cherche-t-il à être réaliste ?

4 Insiste-t-on sur le portrait physique ou sur le portrait moral dans ce portrait de Cléomire ? Quel est le but de ce portrait ?

5 Dans le document 2, observe la longueur des répliques. À quoi servent les répliques des marquis ?

6 Les portraits brossés par Célimène sont-ils réalistes ? Comment appelle-t-on ce type de portrait qui exagère les traits à des fins comiques ?

L'éloge et le blâme

7 Quelles sont les qualités principales de Cléomire ? En quoi correspondent-elles aux idéaux précieux ?

8 Quels sont les défauts que raille Célimène dans les différents portraits qu'elle décrit ? En quoi vont-ils à l'encontre des idéaux précieux ?

9 Quelle image nous est donnée de la jeune femme et de ses invités ?

10 Quelle qualité Célimène met-elle en avant en pratiquant ainsi le jeu des portraits ?

Lire l'image

11 Quel est le point de départ de ce cheminement amoureux vers les villages de Tendre ?

12 Quelles étapes l'amoureux a-t-il la chance de rencontrer sur son chemin ? Cherche dans le dictionnaire les définitions des mots : probité, empressement, assiduité.

13 Quels dangers le guettent s'il se perd ? Cherche dans le dictionnaire les définitions des mots : perfidie, complaisance, tiédeur, indifférence.

À toi de jouer

14 Par groupes de quatre élèves : formez un petit salon mondain, choisissez un surnom de précieux ou de précieuse. Brossez, à la manière de Célimène ou de Madeleine de Scudéry, le portrait d'un des camarades du groupe. Attention ! Courtoisie, générosité et finesse sont de mise, sans quoi vous serez exclu du salon !

Pour les précieuses, le raffinement doit se traduire non seulement par la manière de se comporter, de s'exprimer, de ressentir, mais aussi par la manière de soigner son apparence. La mode joue ainsi un rôle très important dans la pièce : dès le début, Du Croisy et La Grange font mauvais effet parce qu'ils ne sont pas vêtus selon le goût des jeunes filles ! Qu'en était-il exactement à l'époque de Molière ?

La mode au temps de Molière

L'ENQUÊTE EN 6 ÉTAPES

1 Quelles sont les modes et tendances sous le règne de Louis XIV ?

Le règne de Louis XIV est l'un des plus longs de l'histoire de France pendant lequel la mode évolue sans cesse au cours de trois périodes, liées aux événements politiques et historiques.

● LA JEUNESSE DE LOUIS XIV (1643-1661)

Louis XIV n'a que 5 ans à la mort de son père Louis XIII. Il règne sous la tutelle de sa mère Anne d'Autriche et du cardinal Mazarin.

Les particuliers dépensent beaucoup d'argent en habits, paillettes et clinquants de toutes sortes. La mode atteint des sommets d'extravagance : rubans innombrables, dentelles, paillettes, toiles d'or, tout est bon pour être beau.

● LA SPLENDEUR DU ROI SOLEIL (1661-1685)

C'est l'apogée du règne. C'est l'époque de la somptuosité, sous l'influence de Madame de Montespan, favorite de Louis XIV, très influente à la cour. Sa passion pour le luxe développe le commerce et l'activité des manufactures. La France incarne l'arbitre des élégances de l'Europe entière, qui vient s'inspirer de la mode et du costume français.

Mazarin réglemente

En 1644, le costume peut devenir à tel point extravagant que Mazarin s'inquiète et publie un édit ordonnant que le roi ne portera rien de luxueux, ni en étoffes, ni en décorations d'habits. Les broderies d'or et d'argent sont interdites. Les courtisans très malins contournent la difficulté en les remplaçant par des rubans qui envahissent les costumes de la tête aux pieds ! Mazarin réussit alors à convaincre Louis XIV, âgé de 18 ans, de traverser tout Paris dans un costume sans aucun ornement. On crie à l'avarice et on plaint le jeune souverain. Mazarin est contraint d'édicter une nouvelle ordonnance… qui ne sera pas plus suivie que les autres !

L'influence de la cour

Louis XIV tient tellement à ce que Versailles donne le ton en matière de mode dans l'Europe entière, qu'il ne supporte pas que l'Angleterre le devance avec sa « veste », vêtement d'extérieur qui a fonction de manteau. Samuel Pepys, homme politique anglais, note dans son journal : « M. Batelier raconte que le Roi de France, pour narguer le Roi d'Angleterre, a fait habiller en vestes tous ses valets de pied et que les nobles vont en faire autant ; si c'est vrai, c'est la plus grossière insulte que fit jamais un prince à un autre. »

Portrait de Madame de Montespan, *attribué à Ferdinand Louis Elle dit le Jeune (1648-1717), châteaux de Versailles et de Trianon.*

● LA FIN DU RÈGNE (1670-1715)

Le luxe des vêtements continue puis, sous l'influence de Madame de Maintenon, la tendance revient à la simplicité des lignes et la sobriété.

Fin de l'extravagance

D'abord gouvernante des enfants illégitimes de Louis XIV et Madame de Montespan, Madame de Maintenon deviendra l'amie, puis la femme du roi, veuf de Marie-Thérèse d'Autriche, en 1683. Elle fit planer sur la cour une atmosphère d'austérité et de dévotion. Ces maximes pourraient illustrer sa conception de la mode : « Nous avons le nécessaire et le commode ; tout le reste n'est que cupidité. » « Mesdames, souriez afin que plus tard, vos rides soient bien placées. »

2 Comment une mode est-elle lancée ?

De nos jours, être à la mode, être « tendance », est lié étroitement aux médias et aux phénomènes de marques. La publicité, les magazines féminins, les défilés de prêt-à-porter, les influences étrangères relayées par la télévision, le cinéma et l'internet, dictent les règles d'une mode de plus en plus éphémère.

● AU TEMPS DE MOLIÈRE

Sans tous ces nouveaux moyens de communication, on assistait déjà au temps de Molière à l'explosion de certains phénomènes de mode, à tel point qu'on estimait nécessaire de les réglementer pour veiller au maintien du bon goût et de la bienséance.

● LES ANCÊTRES DU MAGAZINE DE MODE

Les progrès en matière de gravure permettent la diffusion de planches illustrées de costumes divers. La France n'aura pas de périodique de mode avant la Révolution, malgré quelques tentatives.

La mode française se fait connaître à l'étranger grâce à de petites poupées envoyées dans les capitales, habillées des dernières créations de tailleurs.

Des règles mondaines

En 1644 paraissent Les Loix de la Galanterie *par Charles Sorel qui réunissent les règles mondaines de la mode et de la toilette. Cet ouvrage, riche de nombreuses gravures, dicte par exemple qu'il faut « quelquefois aller chez les Baigneurs pour avoir le corps net, mais tous les jours on prendra la peine de se laver les mains avec le pain d'amande ; il faut aussi se faire laver le visage presque aussi souvent, et se faire raser le poil des joues, et quelquefois se faire laver la teste ou la dessécher avec de bonnes poudres ». L'hygiène au XVIIe siècle était plus que médiocre !*

Illustration de Maurice Leloir pour Le Bourgeois gentilhomme *dans une édition des œuvres complètes de Molière parue en 1895.*

● LES INFLUENCES ÉTRANGÈRES

De nombreux accessoires et éléments de costumes viennent de l'étranger. La culotte rhingrave est importée de Hollande par le comte de Salm, comte du Rhin, d'où son nom. Plus tard, quand Louis XIV reçoit les ambassadeurs turcs, les « turqueries » et autres costumes à coupe orientale sont à la mode. Ces influences ne sont pas très bien vues ; Molière les tournera en dérision dans *Le Bourgeois Gentilhomme*. La cravate est une bande de tissu que les cavaliers croates portent autour du cou. Les officiers français imitent cet usage, puis les courtisans de Versailles.

● L'INFLUENCE DE PERSONNALITÉS BIEN MARQUÉES

De jeunes hommes élégants et originaux, comme le financier Montauron et le duc de Cancale, attirent les regards de leurs contemporains qui les admirent et les suivent en modèles. La coiffure de Madame de Sévigné sera copiée par de nombreuses dames.

Une mode déjà éphémère

La princesse palatine, belle-sœur très appréciée du roi, modèle de bon goût, écrit en 1676 : « Le roi me témoigne chaque jour plus de faveur [...]. Cela fait que je suis actuellement très à la mode, et que, quoi que je dise, quoi que je fasse, que ce soit bien ou mal, les courtisans l'admirent. C'est à tel point que m'étant avisée, par ce temps froid, de mettre ma vieille zibeline pour avoir plus chaud au cou, chacun s'en est fait faire une sur ce patron, et c'est maintenant la très grande mode. Cela me fait bien rire, car ces gens qui aujourd'hui admirent tant cette mode, et la portent, sont précisément les mêmes qui, il y a cinq ans, se moquèrent si fort de moi et de ma zibeline que, depuis ce temps, je n'osais plus la mettre. » On le voit, les modes étaient alors aussi éphémères qu'aujourd'hui et suivaient l'air du temps !

3 Quels sont les métiers de la mode au XVIIe siècle ?

Au XVIIe siècle en France, il n'existe pas de vêtements « de confection » faits à l'identique à partir d'un patron. Ceux-ci ne se développeront qu'avec l'apparition de la machine à coudre au XIXe siècle. Pas de magasin de « nouveautés » non plus avant le XIXe siècle. On commande son costume à différents corps de métiers.

Habit de fripier, *estampe anonyme, XVIIe siècle, musée Carnavalet, Paris.*

• LES CORPORATIONS

Les métiers d'artisanat sont regroupés en corporations pour réglementer leur profession et défendre leurs intérêts : merciers, drapiers, épiciers, orfèvres...

Le mercier, créateur de style

Le corps de mercerie est considéré comme le plus noble de tous. « C'est Perdrigeon tout pur » : Magdelon croit reconnaître le style d'un mercier à la mode dans les rubans de Mascarille.

« FAIRE LES SOLDES »

La corporation des fripiers est très influente, installée dans le quartier du Temple à Paris. Elle achète les vêtements usagés aux élégants[1] et les invendus des tailleurs, pour les revendre à la population.

Le marché des « fripes » réglementé

Le métier de fripier existe depuis le Moyen Âge, où il n'a pas bonne réputation, et où l'on décide, pour y remédier, d'interdire aux fripiers de revendre des vêtements ayant appartenu à des noyés, des victimes d'un meurtre, des lépreux !

« SE FAIRE TAILLER UN COSTUME »

Jusqu'à l'abolition de ces corporations en 1791, le client achète les matériaux chez le drapier et le mercier avant de les confier au tailleur. Ne travaillant que sur commande, le tailleur détient le privilège d'habiller les hommes et les femmes jusqu'en 1675, où Louis XIV publie un édit permettant aux couturières d'habiller les femmes. Magdelon dit qu'elle « ne peut rien souffrir qui ne soit de la bonne ouvrière », et « jusqu'à ses chaussettes » !

« SE FAIRE COIFFER ET FRISER LA MOUSTACHE »

Une grande lutte d'influence oppose, à la fin du règne de Louis XIII, les barbiers-barbants, spécialisés dans la coiffure, et les barbiers-chirurgiens, qui coiffent la chevelure et taillent la barbe. Les dames, qui jusque-là confiaient leurs cheveux aux chambrières[2], les mettent désormais entre les mains d'un coiffeur.

Habit de barbier perruquier, *gravure de Nicolas de Larmessin, XVIIe siècle, BNF, Paris.*

1. Élégants : personnes distinguées qui ont de l'élégance, du « chic ».

2. Chambrières : femmes de chambre, servantes.

4 Comment les hommes s'habillent-ils au XVIIe siècle ?

La mode est une manière collective de vivre, de se vêtir ou de se comporter, conforme au bon goût passager d'une société. Si elle correspond à une recherche esthétique d'une époque, elle reflète surtout le rang social de celui qui l'adopte. Au début du règne de Louis XIV, outrance et exubérance sont les maîtres mots.

● DESSOUS...

L'homme porte des braies, culottes longues et étroites (Mascarille a peur de ne pouvoir sortir de chez les précieuses « les braies nettes » !). L'homme, comme la femme, porte une chemise sous le costume. Le gentilhomme porte des hauts-de-chausse[1], terminés par des sortes de genouillères appelées « canons ».

● ... DESSUS

Le pourpoint, sorte de gilet, se porte très court et boutonné. Il peut laisser paraître un bout de chemise (aspect « débraillé ») et révéler la ceinture des hauts-de-chausse (à la manière d'un boléro). La grande innovation de cette époque est la culotte rhingrave. Arrivant aux genoux, elle ressemble à une sorte de jupe courte, ou à un pantalon pour monter à cheval (rhingrave-culotte). Le gentilhomme se doit d'en porter une.

● LES ACCESSOIRES INDISPENSABLES

Sur la tête, l'homme porte un feutre[2] à larges bords plats, ronds et empanachés. Aux pieds, des bottes à revers épanouis qui donnent une démarche étrange, les jambes écartées. On ne peut porter des souliers à nœuds et rubans que si la jambe est vêtue de bas à la mode, venant d'Angleterre.
Au cou, on porte le rabat, ou collet rabattu, d'abord attaché de gros cordons, puis par un ornement de rubans ou de dentelles.
L'accessoire indispensable reste les rubans qui ornent les vêtements de la tête aux pieds.

1. **Hauts-de-chausse :** partie du costume masculin allant de la ceinture aux genoux.

2. **Un feutre :** chapeau fait en feutre, étoffe obtenue en foulant et agglutinant du poil ou de la laine.

Costumes de gentilshommes en justaucorps, vers 1671, *gravure extraite de* La France et les Français à travers les siècles *d'Augustin Challamel, Paris, 1882.*

La « petite oie » – terme culinaire qui désigne l'abattis de l'oie pris avant de le mettre à la broche – est l'ensemble des cordons, aiguillettes, et de tous les galants cousus à l'ouverture du pourpoint, aux chausses, à la ceinture en manière de petit tablier.

Les galants

C'est à l'abondance, à la couleur et à la qualité des rubans que l'on juge un homme. Ils font fureur sous le nom de « galants ». On en met partout : sur l'épaule, le long des ouvertures, au bas des chausses, sur les chaussures, sur le ventre… On peut en compter jusqu'à 600 sur un habit « à la française » !

● PAYSANS ET BOURGEOIS

Les paysans portent des braies larges, un haut serré à la taille, des bottes ou des sabots.

Les bourgeois du commun s'inspirent du costume des nobles : rhingrave-culotte, veste et justaucorps, pas de perruque, mais les cheveux longs, coiffés d'un chapeau large en feutre orné de rubans. La riche bourgeoisie rivalise avec la noblesse.

5 Comment les femmes s'habillent-elles au XVIIe siècle ?

S'il ne peut rivaliser en extravagance avec le costume masculin, le costume féminin gagne en légèreté et en frivolité.

Marie de Rabutin-Chantal, baronne de Sévigné, dite marquise de Sévigné, *d'après un dessin d'Hippolyte Flandrin, XIXe siècle.*

● DESSOUS…

La taille fine est à l'honneur. Le corset à baleines et armature de fer, introduit en France par Catherine de Médicis, se porte sur la chemise. La chemise de dentelle et le corsage doivent faire apparaître un décolleté rond ou ovale, orné de bouillons de gaze[1], dits « devants », et d'un grand mouchoir de cou, qui devient un grand col rabattu en baptiste de plus en plus garni de dentelles.

● … DESSUS

Le corsage fermé, terminé en pointe, comporte une simple bordure de soie permise par les édits de Mazarin, surnommée « gueuse » par les élégantes. Elle est ensuite remplacée par des galants empruntés à la mode masculine, et des faveurs, nœuds de perles et de jais.
La robe se compose de trois jupes superposées : la secrète en dessous, la friponne au milieu, la modeste par-dessus.

1. Bouillons de gaze : quantité foisonnante de tissu léger en soie, de lin ou de laine.

La jupe est de taffetas, de soie tramée de laine ou camelot de Hollande, de soie tramée de coton ou ferrandine, de grisette (petit drap simple et neutre) pour les femmes du peuple.
Les couleurs sont le jaune et le rouge, l'aurore, le feu, l'incarnat, le cramoisi, l'orange, couleurs flamboyantes favorites de l'esthétique baroque.
Le manteau, à longue traîne, est un vêtement d'apparat[2].

● LES ACCESSOIRES INDISPENSABLES

Toute femme doit avoir, à partir de 1656, une écharpe, un demi-masque de velours noir, des gants d'Espagne fendus sur le dos de la main, un mouchoir brodé avec glands aux coins, un éventail, des manchettes, des mules avec des patins.

● PAYSANNES ET BOURGEOISES

La paysanne s'habille d'une robe de futaine (étoffe de fil et de coton) et d'un tablier.
La petite bourgeoise porte la robe retroussée sur une jupe, un tablier et du linge très simple.
Quant à la riche bourgeoise, elle rivalise avec la noblesse.

La Galerie du Palais, *gravure d'Abraham Bosse, BNF, Paris.*

2. Vêtement d'apparat : vêtement utilisé pour les cérémonies, les occasions solenelles.

6 Quels sont les accessoires et artifices de la mode ?

Comme le costume, accessoires, perruques et coiffes symbolisent le rang social, le goût pour la pompe, l'apparat et l'étiquette, caractéristiques du règne de Louis XIV.

• CHEVELURE MASCULINE ET MOUSTACHE

Au début du règne de Louis XIV, les cheveux longs sont à la mode. Le jeune roi est fier de sa chevelure fournie, mais bien des gentilshommes avaient recours au postiche. Vers 1660, la perruque est d'aspect naturel, « en crinière », dont les boucles étagées tombent sur les épaules et le dos. Elle deviendra très stylisée, se dressant sur le haut de la tête, en deux pointes.

Les jeunes élégants portent la moustache à coquille, qu'ils forment en posant, le soir pour la nuit, sur la lèvre supérieure un instrument espagnol appelé « bigotère[1] ».

Des postiches pour les hommes

Vers 1660, la technique de fabrication de la perruque progresse. Elle imite tellement bien la chevelure naturelle que l'Europe entière commande des postiches aux barbiers-perruquiers français. En 1690, la perruque est tellement lourde qu'il faut se faire raser la tête pour pouvoir la porter ! Elle éclipse bientôt le chapeau. La demande est telle que deux cents perruquiers travaillent alors à la cour.

• LA COIFFURE FÉMININE

Les femmes ne portent pas la perruque, mais souhaitent une coiffure haute, signe de distinction aristocratique.

Avant la Fronde (1648), le coiffeur Champagne met à la mode des coiffures originales : un cône tronqué incliné en arrière, couronné de la torsade dite « rond », accosté de moustaches, de serpenteaux tortillés en longues boucles, édifice couronné d'un bonnet de plumes surchargé, ou d'un mouchoir brodé de dentelles.

1. **Bigotère :** ou bigotelle, pièce de cuir pour maintenir la moustache.

À la fin de la Fronde (1653), on revient à une pièce de taffetas nouée sous le menton que les précieuses baptisent « ténèbres » pour sa couleur noire et sa simplicité. Plus tard, la coiffure « à la Sévigné » fait fureur (voir p. 84) : des frisures sur le front et deux grosses touffes de cheveux à la hauteur des oreilles.

● LE TEINT

La blancheur du teint est primordiale : elle est signe de noblesse et de distinction. Pour fabriquer des fars[2], on va jusqu'à utiliser des substances toxiques comme la céruse (blanchissante) ou le rouge d'Espagne. « L'empilement » des couches de far et leurs effets néfastes rendaient parfois l'apparence de la peau repoussante.

Des mouches pour séduire

On connaissait neuf manières de poser les mouches de beauté. La passionnée se portait au coin de l'œil ; la majestueuse, au milieu du front ; l'enjouée, sur le bord de la fossette que forme la joue quand elle rit ; la galante, au milieu de la joue ; la baiseuse, au coin de la bouche ; la gaillarde, sur le nez ; la coquette, sur les lèvres ; la discrète, au-dessous de la lèvre inférieure, vers le menton ; la voleuse, sur un bouton.

Les mouches de beauté sur le visage font fureur dans les cours européennes : faites de soie noire imprégnée d'une matière adhésive, elles mettent en valeur la pâleur du teint. Elles prennent des formes variées, découpées en lunes, étoiles, cœurs ... On les porte au coin de l'œil, au milieu du front, au coin de la bouche ... Cette vogue durera plus d'un siècle.

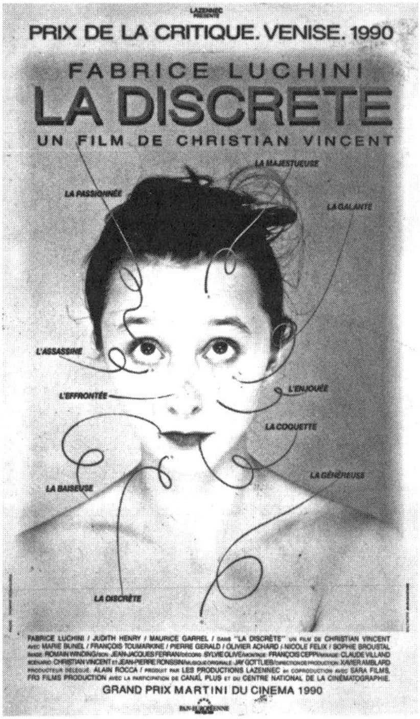

2. Les fars : produits de maquillage qu'on applique sur la peau du visage pour en changer l'aspect naturel.

Petit lexique du théâtre

Accessoires	Les petits objets (bâton, bouteille, chapeau...) utiles à la représentation.
Acte	Nom donné à chacune des grandes parties d'une pièce de théâtre. Le plus souvent, le changement d'acte correspond à un changement de lieu ; le rideau se ferme pour permettre le changement de décor.
Aparté	Il y a « aparté » lorsqu'un personnage parle sans être entendu d'un autre personnage, mais que le public, lui, l'entend.
Auteur dramatique	Auteur d'une pièce de théâtre. *Synonyme* : dramaturge.
Caricature	Procédé comique ou satirique qui consiste à accentuer, grossir certains traits ridicules ou déplaisants.
Comédie	Pièce comique destinée à faire rire le public. Les pièces de Molière sont des comédies.
Comédie-farce	Comédie utilisant les procédés comiques de la farce, fondés en partie sur un comique assez grossier de mots, de gestes et de situation.
Comédien	Personne qui joue la comédie, incarne un personnage d'une pièce. *Synonyme* : acteur.
Commedia dell'arte	Genre théâtral italien dans lequel, à partir de personnages (Arlequin, Scaramouche, Pierrot, Colombine, Matamore...) et de situations types (les *lazzi*), les comédiens développent une action en improvisant.
Coup de théâtre	Événement inattendu qui modifie radicalement le cours de l'action.
Décor	Sous forme de meubles et de grandes toiles peintes placées au fond de la scène, le décor reconstitue le lieu de l'action (forêt, chambre...) sur la scène.

Dénouement	Fin de la pièce, moment où tout s'explique et se résout.
Didascalie	Indication, figurant en italique dans le texte de la pièce, sur le décor, les costumes, le ton ou les gestes.
Farce	Pièce courte au comique grossier où les gestes ont autant d'importance que le texte.
Improviser	Jouer spontanément, sans avoir appris de texte, une situation donnée. Les spectacles de la *Commedia dell'arte* sont toujours improvisés.
Mise en scène	Action de diriger les acteurs (mouvements, intonations), choisir les décors et les costumes pour la représentation.
Monologue	Passage où un personnage parle seul sur scène. Par convention, on considère que le monologue exprime les pensées d'un personnage aux spectateurs.
Intrigue	Ensemble des événements qui constituent le nœud d'une pièce de théâtre.
Personnage	Personne qui apparaît dans une pièce de théâtre et qui doit être représentée par un acteur.
Pièce de théâtre	Texte écrit pour être représenté au théâtre.
Procédés comiques	Moyens utilisés pour faire rire, qui peuvent relever du comique de gestes, de situation, de mots ou de caractère.
Quiproquo	En latin : « ceci pour cela ». Situation où l'on prend une personne pour une autre, où l'on comprend de travers et qui génère des effets comiques, parfois en cascade.
Réplique	Ce qu'un acteur doit dire en une seule fois. Dans le texte de la pièce, devant chaque nouvelle réplique, est écrit le nom du personnage qui parle.

Représentation	Nom que l'on donne à une soirée de théâtre, au fait de jouer la pièce devant un public. *Synonyme* : spectacle.
Satire	Écrit qui s'attaque à quelqu'un, à quelque chose, en s'en moquant.
Scène	1. Lieu où jouent les acteurs. On peut aussi parler des « planches » ou du « plateau ». 2. Nom donné à chacune des parties d'un acte. On change de scène lorsqu'un personnage arrive ou s'en va.
Scène d'exposition	Première scène d'une pièce de théâtre, qui fournit tous les éléments nécessaires à la compréhension de l'intrigue. L'exposition s'étend parfois aux scènes suivantes.
Scène finale	Dernière scène d'une pièce de théâtre, dans laquelle se dénouent les fils de l'intrigue.
Théâtre	Le mot désigne aussi bien le lieu (la salle) que ce qui s'y déroule (la pièce).
Tirade	Longue réplique, dans laquelle un personnage développe une idée importante.
Tragédie	Genre théâtral inventé en Grèce, dans l'Antiquité. Souvent en vers, une tragédie raconte les histoires terribles arrivées à des personnages mythologiques ou historiques. Racine et Corneille ont écrit des tragédies.

À lire et à voir

● POUR SITUER *LES PRÉCIEUSES RIDICULES* DANS L'HISTOIRE DU THÉÂTRE

André Degaine
Histoire du théâtre dessinée
© NIZET, 2000.

Une histoire du théâtre passionnante, riche, ludique et vivante.

● DES LIVRES ET DES FILMS POUR MIEUX CONNAÎTRE MOLIÈRE

Marie-Christine Helgerson
Louison et monsieur Molière
© FLAMMARION, COLLECTION CASTOR POCHE, 2000.

Passionnée par le théâtre, fille de comédien, Louison se lie avec Molière qui écrit pour elle un rôle de fillette dans sa dernière pièce, *Le Malade imaginaire*. Ce récit romancé des derniers mois de la vie de Molière donne aussi des indications précieuses sur l'organisation du théâtre, la vie des acteurs et l'organisation d'une troupe de théâtre au XVIIe siècle.

Michel Laporte
Molière, Gentilhomme imaginaire
© HACHETTE JEUNESSE, 2007.

L'histoire de la vie de Molière à travers une série de témoignages imaginaires de ceux qui l'ont côtoyé ou croisé. Molière est ainsi raconté par un apprenti de son père, une comédienne de sa troupe, un barbier, un clerc de notaire.

Molière
Film d'Ariane Mnouchkine (1978)
Avec Philippe Caubère, Joséphine Derenne, Brigitte Catillon...

Une fresque magistrale, devenue un classique, par l'un des plus grands metteurs en scène contemporain, qui propose une lecture émouvante et profonde de l'aventure de Molière.

Molière
Film de Laurent Tirard (2007)
Avec Romain Duris, Fabrice Lucchini et Ludivine Sagnier

Une vision romancée de la vie de Molière qui rencontre ses propres personnages.

● UN SITE INTERNET

http://www.toutmoliere.net

Un site très complet sur Molière et l'ensemble de son œuvre.
La rubrique « Iconographie » propose de très nombreuses images.

● LES PIÈCES DE MOLIÈRE EN DVD

Anthologie des pièces de Molière par la Comédie Française.
Mise en scène de Jean-Luc Boutté (1997)
Coffret, Molière Collection, Éd. Montparnasse, 2008.

POUR EN SAVOIR PLUS SUR L'HISTOIRE DE LA MODE ET DU COSTUME

James Lever
Histoire de la mode et du costume
Thames et Hudson, nouvelle édition, 2003.

Un texte de référence par un spécialiste britannique.

Lauren Weisberger
Le Diable s'habille en Prada
Traduction de Christine Barbaste.
Pocket, 2005

Un roman sur le monde de la mode aujourd'hui.

Musée de la Mode et du Costume
Musée Galliera, Paris (réouverture au printemps 2012)

C'est dans le palais de la duchesse Galliera, édifié au XIXe siècle, que le musée, inauguré en 1977, fait revivre l'histoire de la mode et du costume.

Table des illustrations

Iconographie : Hatier Illustrations
Principe de maquette : Marie-Astride Bailly-Maître et Sterenn Heudiard
Suivi éditorial : Brigitte Brisse
Illustrations intérieures : Claire de Gastold
Mise en pages : Facompo

Achevé d'imprimer par Grafica Veneta à Trebaseleghe - Italie
Dépôt légal n° 95428-3/01 - Août 2011